李勇语录

智慧语录 · 精华汇编

李勇◎著

湖南文艺出版社
HUNAN LITERATURE AND ART PUBLISHING HOUSE

博集天卷
CS-BOOKY

我的书香家国梦

有人说，一个人的命运，很大程度上取决于他所看过的书和遇到过的人。

对此，我是深有感触的。

读初中的时候，我听老师说《徐悲鸿一生》这本书很不错，就很想买来看，就在放学后去山上挖药材来卖，终于攒够了5元钱，买来了这本书。徐悲鸿先生在最艰苦的时候，三天才吃上一个饭团，"人不能有傲气，但不能没有傲骨"，对我产生了极大的影响。

因为家境贫寒，上完初中，我就开始

了打工生活，经班主任王苏昆老师介绍，我成为"爱国七君子"之一的李公朴先生创办的北门书屋恢复重建后的第一批营业员。想当年，李公朴先生在极其困难和危险的情境下出版进步书刊，传播救国真理，最后以身报国。今天，我们工作和生活中遇到的困难与公朴先生相比，其实已经可以说都不叫困难了。

在北门书屋的六年中，工作之余，我阅读了大量的中外名家著作，这些成为日后工作和生活的重要的养分。

1991年，我开始创业，贷款1万元，借款3000元，四个伙伴，一间30平方米的小书店开张了，这或许是当时中国最小的书店之一，但在两年之后，我在书店年度工作会议上提出："要做中国最大的民营书店"。大家都觉得：牛吹大了。

　　也就在1993年，我请了翻译许跃盛，到新加坡和马来西亚去看图书市场，目的主要是了解一下国外书店的规模有多大，除了卖书还卖些什么？装修风格是怎么样的？重要的是有没有中文书卖？看的结果基本上没有中文书卖，规模大的书店会有三五种，七八种，非常少。我想，如果有一天，能把中文书店开到国外去该有多好。这个梦想在近20年后的2011年10月29日新知柬埔寨金边华文书局开业时实现了。创办新知以来，我和新知团队坚持不懈，只争朝夕，在2004年的时候，完成了云南全省各州市书店的连锁布局，成为当时中国规模最大的民营书店。紧接着在2005年开始探索跨省发展，于10月1日在四川攀枝花开设云南省以外的第一家连锁店，2006年12月9日在贵州遵义开设连锁店，2011年7月23日在湖南凤凰开店，同年10月29日在柬埔寨金边开设国际连锁华文书局。至今，已经在国内云、贵、川、湘开设了68个连锁书城，在柬埔寨、老挝、马来西亚、缅甸、斯里兰卡、泰国、尼泊尔、印度尼西亚、南非开设了9个华文书局。

我没有想到，对我和新知做的这点事情，社会各界给了如此高的肯定和评价。2014年9月16日，习近平总书记和斯里兰卡总统马欣达·拉贾帕克萨共同为新知承办的2014年科伦坡国际书展中国主宾国活动揭牌；2016年10月13日，习近平总书记和柬埔寨首相洪森共同为新知与文化部、云南省委宣传部共建的金边中国文化中心揭牌。2013年9月12日，中共中央政治局常委刘云山来到新知金边华文书局考察，亲切地询问书局的经营状况，鼓励我们在中外文化交流中做出更多努力；云南省人民政府李纪恒省长先后三次参加了新知国外书局的开业典礼；2014年6月6日，国家新闻出版广电总局蒋建国书记在新知斯里兰卡科伦坡书局汉语课堂，从仓颉、孔子、秦始皇讲起，给斯里兰卡青年上了一堂非常生动的汉语课。新知走出去十年来，8位党和国家领导人、17位相关部委的领导和29位云南省领导关心新知事业的发展。

我也没想到，2013年的8月16日，两位新加坡读者走进新知金边华文书局，询问有没有《朱镕基上海讲话实录》，要知道这本四天前才上市的书，即使在中国国内，好多大书城还没有到货上架，友好邻邦对中国领导人著作的关注，让我再次感到了新知事业的价值和意义。

我没有想到，新知金边华文书局开业时，远在几百里外的读者专程赶来，还自费在当地报纸上刊登了"传古今学术瑰宝，播中华文化精粹"的祝贺广告图片，当天销售额就达到2578美元。

我没有想到，在中老青年交流会议上，我讲到新知要到欧美国家去建设华文书局时，老挝青年团中央书记处书记阿鲁赛·宋那拉马上打断我说："不是先到美国，而是要先到老挝来，我们热烈欢迎新知到老挝来开设华文书局。"

在云南开远，一位年轻有为的领导对我说："我是读着新知的书长大的，因为从小学、中学、大学，我的课余生活基本上都是在新知书店中度过的。"我听了，真是很欣慰。其实，有很多经济不宽裕的读者，都把新知当成了一个免费的图书馆，在他们学有所成时，回头来告诉我们新知的好，同时也怀着感恩的心成为新知终身的读者和消费者。我感到，昔日一个30平方米的小书店，在新知人的共同努力下，已经和一批批年轻人的成长及命运紧密地结合在一起，与我们这个国家和这个民族的事业紧密地联系在了一起。中华文化中"以和为贵"的恒久价值，随着新知国际连锁华文书局的不断发展，会被世界各国越来越多的人民所了解和理解，新知终将成为以推动人类的文明和进步来实现自身价值的企业，与社会高度和谐的企业。新知人所从事的事业已经比我的生命还重要。

2002年，因为一次偶遇，我在丽江与雪桃结缘，这种中秋国庆时节成熟的桃子，以其果形硕大、色彩瑰丽、口感爽脆，具有好大、好看、好吃的特点，一下子就引起了我的注意。生在农村的我至今难忘农村生活的艰辛，既然云南有这么好的一种水果，就决定在丽江投资开发雪桃产业。打造一个高端的水果品牌，带动丽江一方桃农过上好一点的日子成为我的一个心愿。如今，雪桃已经承载着云南边疆4700多万各族儿女对祖国母亲的美好祝愿，连续十年献礼国庆招待宴会，受到党和国家领导人及中外贵宾的一致好评。2013年，雪桃还带着中国对友好邻邦的美好情意礼赠六国元首，得到柬埔寨国王诺罗敦·西哈莫尼的亲笔回信致谢，成为中外友好往来的情意之果、友谊之果，成为云南绿色经济强省建设中极具代表性的品牌。

投资雪桃产业16年，最让我难忘的还是丽江拉市海一位桃农大爷，在我到丽江时，紧紧地拉住我的手，感谢的话说了一遍又一遍。不少村民还会拿出家里的核桃、葵花子、苹果、梨、蜂蜜、月饼和土鸡蛋等，以最淳朴的方式表达谢意，这样的情景在后来我每年9月份到雪桃基地指挥采摘雪桃时都会重现。看到他们因为种桃盖了新房、买了新车，孩子上学有了学费，村里的路也修好了，我感到很欣慰。拉市镇农村信用社的主任说："每年一到9、10月份，我们信用社的存款就会猛增，大多是卖雪桃的钱存进来的。"雪桃基地旁边白马村一个叫和凤花的女孩告诉我，她家是最早跟着雪桃公司种植雪桃的，种植面积达20多亩，是白马村种植时间最早、雪桃面积最大的农户之一，如果不是种植雪桃致富，她家当时的条件是不能支撑她与妹妹和凤芳上大学的。因此，他们一家人都很感激我。

也许是从事文化工作的原因，我一直固执地认为：文化是经济发展和社会进步的基础，离开文化谈发展是空洞的，没有丰富的文化底蕴做支撑的经济发展和社会进步是短暂的、不长远的。企业要做成一个百年老店很难，我们新知怎样才能给社会留下一点永恒的东西呢？

我给省领导写信，表达想建设一个藏书楼留给后人的设想，很快就得到了回复和支持。2005年开始动工建设，如今，藏书楼工程已经初现雏形，余秋雨先生题写楼名，贾平凹先生题字，刘墉先生撰联，中国68座历史文化名人的雕塑矗立在800米文化长廊两侧。虽然建设过程中多有波折，但德国的科隆大教堂花了600多年才建好，给予我很多的启示，好事多磨吧！让人难以理解的事业注定要遭遇一些挫折。这座占地1600多亩，预计最大藏书量2000万册的藏书楼，现已成为全国第一座阅读小镇，将来一定会成为书香和花香融为一体的全民阅读新高地，书香中国新亮点，成为独具魅力的文化交流平台和文化休闲胜地，成为一座熠熠生辉的文化金字塔。为此，我和我们的新知团队一直在努力！

2020年10月

自　序

　　1985年7月2日，由著名爱国民主人士李公朴先生创办于1942年的北门书屋在昆明恢复重建。9月3日，我怀着对公朴先生伟大人格的敬仰，荣幸地成为北门书屋的一名学徒工。

　　从小受嗜书如命父亲的影响，又经王苏昆老师介绍，我才谋到了这份自己十分喜欢的职业，这成为我人生的重要转折点。至今，我已在图书行业工作了近36年，越到后来，越发觉得自己对图书、对文化的理解是那么浅薄，以至发誓：如果还有来生，我还要做图书。由于从事图书行业的便利，我就有了更多看书学习，以及与文化人接触交流的机会，丰富了自己的人生阅历。

我喜欢思考问题。有时半夜睡不着，就会东想西想，夜深人静的时候偶尔还会激发出一点思想火花，本想等天亮了就把它记录下来，但等到天亮的时候，却再也想不起来了。这样的事情有过几次后，觉得挺可惜，后来我养成了不管什么时候想到有价值的重要内容、重要事情，就马上打开手机把它记录下来的习惯，字数多、篇幅长的就马上起床把它写在本子或信笺上。在车上或早晨起来快步走锻炼的时候，偶尔也会产生思想火花，我也会马上记录在手机上。这样日积月累，逐步积累了数百个条目。

为了在企业团队中建立信仰，使我们

的员工团队对新知事业产生信仰，坚定信念，坚持坚守，把我们共同的新知事业做得更好。《李勇语录》第一版于2010年5月1日由中信出版社出版发行，只印了3000册，作为企业内部学习资料人手一册，用于统一思想，以达到统一步调、统一行动、高效管理的目的。剩余的几百本书就放到书城中做展示和销售，没想到有几家企业买了去做培训教材。《李勇语录》第二版于2011年4月1日由北京大学出版社出版发行，印刷了15000册。《李勇语录》第三版于2014年10月1日由长江文艺出版社出版发行。后来我想，看来这本小册子还有点作用，只要买它的人其中有一条对他有用的话，也就值了。于是我决定进行增补和修订。通过系统整理，从2014年8月1日至2020年10月5日，我又记录了

147条语录，这样第四版《李勇语录》在原来256条的基础上新增150条，条目总数达到406条。

现在这本书就要由中南博集天卷文化传媒有限公司出版发行了。书中难免有错误和遗漏之处，请大家批评指正。在这里，我要代表新知企业，向长期以来支持新知事业发展的广大读者和各界人士表示衷心的感谢！

李　勇

2020年10月5日05：21

目　录

创新理念篇

一、创新：

想别人想不到的事，做别人做不到和不敢做的事叫创新。前提是要切合企业自身实际，并具有很强的可操作性，创新是企业发展的不竭动力。

无中生有是创新，推陈出新是创新，别出心裁是创新，化腐朽为神奇也是创新。创新就是扬古成新，推陈出新，花样翻新。（2007年5月17日）

二、创新要切合实际：

创新等活路，不切合实际的"乱创新"等死亡。（2007年11月2日）

三、学习力：

学习力是创新力的基础，创新力加执行力是发展力的保障。学习型组织是由学习型个体组成的，学习型社会是由学习型组织构成的，我们提倡每个新知人都能成为一个学习型个体。（2005年1月4日）

四、品牌观念：

文化是品牌的支撑点，品牌背后是文化在做支撑。（2009年3月14日）

五、价格竞争：

价格竞争是十分有限的，在无利可图的情况下，谁的企业又能支持多久？（2007年

7月9日）

六、评价人的标准：

　　对一个人的评价应该是总体评价、综合评价，这样才够客观和准确。而不是根据需要评价其某一点，或者是某几个方面，这都是不完整的，是有失偏颇的。（2005年4月7日）

七、鼓掌：

　　热烈的鼓掌是支持、是赞同、是响应、是鼓励、是激动、是感动。（2010年1月1日19：00）

八、品牌文化：

品牌要具有唯一性，搞杂等于搞砸。
（2004年12月6日）

九、创新与品牌：

创新思想是创造品牌的源泉和基础。美国人把苹果叫蛇果，把葡萄叫提子就能产生差异化，从而让人产生好奇，产生记忆，产生消费欲望。（2010年12月12日07：25：26）

十、学习与创新：

我们不但要善于向我们的同行学习，还要善于向别的行业学习，这样才有利于打破我们的惯性思维，从而找到创新的突破口。

（2009年6月5日）

十一、人才成长过程：

其实人才成长的过程就是从实践到总结，再实践再总结的周而复始的过程，企业成长的过程也是人才成长的过程。（2004年1月1日）

十二、投资与眼界：

投资投的就是预期、是未来，即你看到了别人没有看到的商机。大家一致看好的事，你最好别去碰。别人竭力鼓励你去做的事，你最好多个心眼！（2010年9月13日22：08）

十三、提前意识：

第二天一早要办的事情，头天晚上做准备，再晚也是早。第二天早上才来做准备，再早也是晚。有准时文化的团队比有迟到文化的团队有竞争力；有提前文化的团队比有准时文化的团队有竞争力。（2010年8月4日16：14）

十四、写与改：

与其说文章是写出来的，还不如说是改出来的。不经过字斟句酌，反复推敲和修改的文章至少是不严谨的。（2012年8月15日11：45）

十五、知识与见识和能力与学历：

人与人之间，在知识水平和知识结构基本相近的情况下，关键时候往往见识比知识更重要，能力比学历更重要。

把复杂的理论和问题讲清楚了，让人听得明白叫有水平；把简单的理论和问题讲复杂了，让人听不明白叫没水平；把高深的理论和复杂的问题讲简单了，让人听得明白叫高水平。（2003年7月30日）

十六、经济发展与社会和谐：

一个国家的经济发展指标是阶段性的指标，而社会和谐指标则是需要不懈追求的永久性指标。（2005年10月28日）

十七、文化是核心竞争力：

当国家与国家之间的经济发展到相当水平或趋同时，竞争主要体现在文化优势上，这是根本性竞争，是核心竞争力的核心，与之相比，其他方面的竞争只能算是一般性竞争。（2006年8月10日）

十八、与时俱进、与时倒推地看问题：

凡事要讲时代背景，要讲因地制宜、因时制宜、因情制宜、因人制宜，这叫与时俱进。

角色不同，高度不同，对同一事物的理解和认识就会有差异。时间不同，时代不同，对同一事物的认识和理解结果也会不同，我们需要与时俱进、与时倒推地在时

代背景下客观地看问题。（2010年12月12日
09：26：30）

十九、先飞的不一定是笨鸟：

俗话说：笨鸟先飞。其实先飞的鸟不一
定是笨鸟，而是聪明的鸟，力求上进、有超
前意识、不想落后的鸟，客观、奋进的鸟，
作风踏实、埋头苦干的鸟，能成就事业的
鸟。（2010年12月6日07：59：26）

二十、否定自己：

在别人否定自己之前先否定自己；在
其他同行业企业否定新知之前先否定新知。
（2009年5月19日）

二十一、美食：

所谓美食，就是每个地区的人们从小吃惯、吃顺了的具有依赖性并能让当地人产生惦记心理的那些食物；具有鲜明的地方风味和地方特色，能够让人产生长久记忆的那些食物。（2017年8月9日）

二十二、突破发展困境的利器：

创新力是突破发展困境的利器！（2013年12月16日16：08）

二十三、思维灵活性：

灵活性还体现在动态思维上。如：宾馆规定早上7：00供应早餐，实际6：45就可以就餐了，因为宾馆准备需要有个时间过程，即逐步完成菜品准备，而这个过程不可能在10分钟内完成，至少得20分钟至半个小时，这就是我提前15分钟可以早餐的理论依据，我们要学会用动态思维去思考问题。（2013年6月21日07：46）

二十四、想和做：

职务越高，动脑思考问题的能力越强，动手执行的能力则越弱；职务越低，动手执行的能力越强，动脑思考问题的能力则越弱。抓宏观的，微观弱；抓微观的，宏观弱。（2014年6月14日11：09）

二十五、熊与雄：

"兵熊熊一个，将熊熊一窝。"我们要提倡和树立"兵雄雄一窝，将雄雄全体"的文化。每一位中高层管理人员更是要率先垂范，用自己的行动把员工带出雄气来，只有这样，企业才能在激烈的市场竞争中立于不败之地。（2012年8月12日）

二十六、政治、文化、经济：

政治、经济、文化是世界各国普遍的排列顺序，如果哪个国家敢于把文化和经济的顺序置换一下，那个国家就可能获得优先发展的优势。政治是建立制度、体制、法规和规则的基础，政治排首位没错。文化是推动社会经济发展的动力源泉，理应排在第二，因为经济的发展离不开文化的支撑。排序先后代表着重视程度，文化的形成与认同需要时间和过程，认识得早形成得就早，作用发挥得就早，国家社会受益得就早。（2009年9月10日01：59）

二十七、创新与借鉴：

创新就是既要闭门造车，又要拿来主义。闭门造车是自主创新，是特色创新。拿来主义就是学习和借鉴，现学现用。二者的有效结合将给企业注入无限的生机与活力。（2008年11月3日）

二十八、术：

"术"直观理解就是技术。深层次理解

就是我们做人和做事的方法论。（2005年1月7日）

二十九、发展恒等式：

学习力＋创新力＋执行力＝发展力，也叫发展公式或发展恒等式。（2013年12月26日）

三十、市场：

大市场是显性市场，细分市场是大市场延伸出去的末梢市场，潜在市场就是隐性市场。在显性市场即大市场竞争异常激烈，并逐步达到白热化状态的今天，努力做好细分市场和潜在市场，就能使其成为新的经济增长点。（2006年8月23日）

三十一、企业家：

真正的企业家应该具备思想家、哲学家、政治家、战略家、教育家、慈善家、经济学家的综合素养。（2007年3月2日）

三十二、伟大的事业：

伟大的事业成就于伟大的构想和伟大的创新与实践。（2016年1月18日）

三十三、人生六味：

工作、学习、生活，亲情、友情、爱情。（2020年8月5日）

三十四、生态理念：

有林才有水，有水才有田，有田才有粮，有粮才有人。（2015年6月4日）

三十五、个案与普遍：

如果是发生在个别人身上的个案，就应该在个案身上找原因。如果是发生在很多人身上的普遍现象，就要到普遍现象中去寻找规律，这样我们才能寻找到解决问题的突破口。（2020年2月8日）

三十六、专注：

干一行爱一行，爱一行专一行，专一行成一行。（2019年2月6日）

三十七、知识公平性：

　　每个人获取知识的渠道、方式和方法都是公平的，主动权全部把握在自己手里。（2020年6月1日）

三十八、精彩人生：

　　与科学规划人生有关系，与勤奋努力的程度成正比，与胸怀、格局、眼界、使命、责任、担当有关系。（2020年2月21日）

三十九、人生正道：

　　努力一阵子，幸福一辈子。（2015年5月14日）

四十、固化思维、故步自封：

固化思维、故步自封是创新的大敌，是发展的最大障碍。（2016年5月6日）

四十一、观念和概念比钱更重要：

没有好的观念和概念的人，即便你拿着大把的钱，也是做不出好项目、好东西来的。只要有了好的观念和概念，钱可以想办法去找、去融、去借贷。有了好的观念和概念，又有资金资源的人才能做出让人耳目一新，超凡脱俗的事情来。（2014年9月14日）

四十二、人生最大的追求：

正理、正念、正道，说自己想说的话，

做自己想做的事。精神上的富有才是真正的富有，很重要。物质上的富有太有限了，可多可少，不是很重要。更多的方面则是可有可无，不重要。（2014年11月19日）

四十三、调节：

在这个压力倍增的时代，人们需要找到合适的方法来减轻压力。身体上的劳累反而是精神上的休息，如种种地体会农耕之苦，爬山一整天，晚上一定是好吃好睡，这些都是有效减轻精神压力的好办法。（2020年7月15日）

四十四、传统与现代：

越传统、越笨拙的方式和方法往往越有

效，它们能够延续下来正好说明了这一点。越现代、越快捷、越便利的方式和方法越浅显，越难长久持续下去，也就是过时得快。越容易得到的东西越容易失去。（2014年9月27日）

四十五、健康长寿的秘诀：

一是心情愉快；二是过简单的生活；三是常和家人朋友在一起；四是多做好事、善事，使自己心境平和；五是多读好书，不断充实自己，涵养自己，厚重自己。（2017年1月15日）

四十六、精准投放：

接待贵宾的时候，我们一般选择三种水

果装盘，每种水果每人3—5个，一人一份，精致玲珑。（来宾人数+参与接待人数）×每种水果个数，精准投放，精细化到每个环节，每个细节。（2020年7月8日）

四十七、道与术：

没有道的层面的高度、深度与广度，注定术的层面就不会有大的作为和成就。（2015年8月8日）

四十八、不怕困难的人：

不把困难当困难的人是最值得敬重的人。迎着困难勇往直前的人是最值得尊重的人。（2018年3月4日）

四十九、新生事物：

新生事物大多是创新的产物。关注新生事物，研究新生事物，就能不断提高我们自己的创新能力！（2016年4月3日）

五十、个性：

只有不断学习，不断完善自己、提升自己，我们才能长足进步。但每个人的个性和特点不要因为别人提了点意见和建议就要刻意地去做改变，正因为有个性存在才是真正的自己，成就自己的也往往是自己的个性。这一点很重要。（2017年11月24日）

五十一、细致就是竞争力：

在这个粗糙的时代，做事越细的人越有

竞争力。（2019年7月5日）

五十二、时间与价值：

对时间越不够用的人来说，其时间价值往往就越高，就越要斤斤计较，精打细算，高效整合，充分利用，努力放大时间价值。（2017年4月21日）

五十三、善读书、读好书：

小学读完30本课外书籍，中学读完50本课外书籍，大学读完50本课外书籍。广泛阅读中外文学名著和经典著作，对人生来说比考试成绩更重要。（2018年4月17日）

五十四、慵懒与勤奋：

懒人只会为自己不做事找尽理由和借口，勤奋的人会为自己做成事情找尽方式方法和理由。（2018年2月4日）

五十五、默契：

有一种完美叫作配合默契。（2020年7月19日）

五十六、学习型社会：

学习型社会是每个社会人把学习当成一种自觉行为和习惯的状态。（2018年8月9日）

五十七、知名度和影响力：

知道你的人数和你知道的人数反差越大，你的知名度和影响力就越大。（2017年2月18日）

五十八、关于规划与设计：

规划设计院专家的规划设计是具有科学性、合理性、严谨性和严肃性的，需要很高、很强的专业性和知识性，适用于各种大型工程、大型建筑设施，高科技领域和航空航天领域。而人民的智慧是最具有创新性和创造性的。正如毛主席所说：人民是真正的英雄。还有人说：高人在民间。讲的都是同一个道理。在欧美国家，只要你拿到土地，怎么规划，怎么设计，怎么建房全由自己说了算，全民的创新性、创造性得到了极大的发挥和释放，所以他们的民间建筑有不拘一格的特点。人都有爱美的心理诉求和倾向，不会对自己的居住房屋随意应付，反而会审慎对待，人们的智慧和想象得以充分发挥，形成不拘一格、竞相迸发的设计风格，五彩缤纷的色彩格调，对美化人居环境有很多好处，对美丽中国具有十分积极的现实意义。反之，如果限制太多，要求太多，势必对人的想象思维形成限制，等于抹杀了人们的创新性和创造性。（2017年2月2日18：09）

五十九、超前意识的价值：

意识是思维的前提，思维是观念、概念的前提。超前的意识，超前的思维，超前的观念、概念以及超强的行动力是有大价值的，有超前意识的人比没有超前意识的人竞争力要强很多倍。

主动权是利益砝码，就拿租房子这件事情来说，提前一年谈续租，我们主动，业主方被动；提前半年谈续租，主动权双方对等；提前三个月谈续租，业主方主动，我们被动。（2014年10月18日09：43）

六十、水不是平的：

人们都说水是平的，其实只是小面积的水看上去是平的，而大面积的水是弧形的，否则"地球是圆的"这个理论就不成立。因为四大洋中最深的是太平洋中的马里亚纳海沟，最深处为11.034千米，由此可见四大洋的水均是以弧形的形式依附在地球表面上的。如果水不是弧形的，假设太平洋的深度达到6000千米时，水又是平的，地球就只能是半球形的，而不是球形的，这证明水是以弧形的形式依附在地球表面上的，水是平的只是相对而言。（2014年12月4日16：01）

六十一、图书的功能和作用：

图书是知识的载体，是人类智慧的结晶和经验的总结，它在记载历史、传播文化知识、普及科技教育、弘扬传统文化、对内对外交流等方面起着不可替代的作用。同时图书企业也是一个城市、一个地区的文明标志之一。从某种程度上说，文化是经济发展和社会进步的基础，假如一个国家、一个民族没有了图书，缺少了文化，那么这个国家、这个民族是没有希望的。一个国家如此，一个省、一个地区仍然如此。一个文化教育事业高度发达的国家，必然是一个经济强国，必然是一个科技高度发达、社会高度文明的国家。（1997年10月1日）

六十二、文化的价值：

文化是经济发展和社会进步的基础，离开文化谈发展是空洞的，没有丰厚的文化底蕴做支撑的经济发展和社会进步是短暂的、不长远的。（1999年6月3日）

管理思想篇

一、精神与信仰的重要性：

一个政党，一个组织，一个团队，都需要有一个信仰、一种信念、一种主义、一种追求、一种精神。这是政党、组织、团队赖以生存、发展的前提和保障，也是我经常讲的企业精神和企业文化应该包括和涵盖的内容。共产党因为信仰坚定而胜利，国民党因为信仰缺失而失败。那什么是精神呢？我认为，为某种理想和目标追求而持续保持的内在动力、进取心、责任感和使命感叫精神。

企业必须要有精神和追求，即要弄清楚我们是谁？我们在干什么？我们这么干的目的和意义是什么？我们将到哪里去？这些问题不弄清楚，我们就不能算一个有信仰、有信念、有主义、有追求、有精神的组织团队。这些问题不但要让每一个管理人员知道和明白，还要让我们的每一位基层员工知道和明白，当我的信仰和我们每个员工的信仰达成一致时，新知事业就成功了一大半。怎么办呢？靠我一个人讲行吗？肯定是不行的，得靠大家一起来。结合企业存在的各种突出问题展开讨论，只有大家都讲了，才不至于成为一家之言，才能营造出好的言论环境，并形成言论自由、思想自由、取其精华、去其糟粕、博采众长的良好氛围，这样企业集体智慧才能得以充分体现，对有效提升和增强企业的发展后劲大有好处。（2009年10月23日）

二、和谐企业：

所谓和谐企业，其实就是企业整体的合

理性，就是各部门、各环节、各岗位之间的协调一致，就是趋于或接近完美状态，并始终以追求完美为目标。要做到员工与员工之间的和谐，管理人员与员工之间的和谐，部门与部门之间的和谐，企业与客户之间的和谐，利润与整个企业之间的和谐，企业与社会之间的和谐。（2005年10月28日）

三、人才观：

1.只要你是人才，我们将在企业中设法为你找到最合适的岗位，给你一个施展才华的空间和舞台，努力做到人岗相宜。（2001年12月1日）

2.静心、安心、专心、用心、潜心是做好事业的基础。潜心是工作的最高境界。让

领导认同你前面的工作是后面重用你的前提，把理想变为行动是人生成长的捷径。（2007年5月16日）

3.有才无德不是才。

4.一个能做事的小学生和一个不能做事的大学生，我们选择小学生。（2002年6月23日）

四、大局观：

个人利益服从部门利益，部门利益服从企业利益，局部利益服从全局利益，短期利益服从长远利益。（2003年7月4日）

五、执行力：

把每件事情按规定的时间和要求做出结

果来就叫执行。没有疲软的市场，只有落后的思想和疲软的执行力。（2003年1月4日）

六、竞争力：

别人能做你不能做叫"弱"；别人能做你也能做叫"等"；别人不能做你能做叫"强"。（2009年10月13日）

七、良性发展：

良性发展远比大额利润但不良性重要得多。良性才是企业基业长青的根本保证，在良性的状态下企业才能走得更长、更远，才会具有无限的生命力。利润对良性企业来说是早晚的事，一个不良性的企业是无法挽回其最终的败局的。良性发展是我们永远追求

的目标和努力的方向。（2005年1月1日）

八、方法论：

方法得当，事半功倍；方法不当，事倍功半；方法错误，适得其反。（2003年7月4日）

九、良性书城五项定义：

1.销售指标：完成企业下达的年销售指标；

2.利润指标：完成企业下达的年利润指标；

3.费用指标：控制全年费用指标不超标；

4.员工流失率：员工流失率在3%以内；

5.工资增长率：员工年工资增长率10%左右。

（2005年1月4日）

十、时间观念：

1.人的生命是有限的，人的一生是由分分秒秒组合起来的，节约了时间就等于延长了生命。（2007年5月3日）

2.一年之计在于冬天，一天之计在于头天晚上以前。（2005年1月4日）

3.第一时间获取信息；第一时间做出报订反应；第一时间到货；第一时间清点和分发；第一时间上架展示；第一时间宣传、推广；第一时间实现销售。（2003年5月11日）

十一、效率优先原则：

复杂问题简单化，简单问题模式化。新知要做中国图书发行行业中经营、管理、决策效率最高的企业。（2009年7月7日）

十二、解决问题的重要性：

1.企业用人要用敢于接受任务的人，接受了任务就等于接受了困难，困难越大，其价值就越高。不想做事的人可以找出一百条理由，想做事的人只要一条理由就够了。"只要思想不滑坡，方法总比问题多；只要精神不滑坡，办法总比困难多。"（2006年1月4日）

2.小问题一旦堆积多了就成了大问题，到一定时间就会集中爆发的。（2003

年11月1日）

十三、重结果的理念：

人们常说，只看结果，不管过程，其实注重过程的结果会更好。（2006年5月8日）

十四、组织最缺的人才：

组织最缺的不是最能干的人才，而是能够团结大家共同干事的人才。（2009年10月28日）

十五、关心员工：

关心好你的员工，你不关心你的员工，别的企业一定会关心你的员工。只有关心你的员工，你的员工才会关心你，关心你的企业，关心你的客户，尽心尽力地工作。

（2005年8月20日）

十六、四个能手（新知管理人员能力要求）：

必须是一个善于整合时间和利用时间的能手；

必须是一个善于整合资源和利用资源的能手；

必须是一个善于做员工思想教育工作的能手；

必须是一个善于发现问题和解决问题的能手。

（2003年4月5日）

十七、两个凡是：

凡是有利于企业发展和进步的事，我们都要去做，而且要努力做好；凡是不利于企业发展和进步的事，我们都不能去做，而且要设法杜绝。（1992年2月1日）

十八、十字效益方针：

向"执行、落实、物流、精细、管理"要效益。（2000年1月4日）

十九、管理的三个境界：

管住，管好，管活。（2000年6月8日）

二十、市场观念：

如何比竞争对手更快地发现并寻找到顾客；如何比竞争对手更有效地吸引并服务好顾客；如何比竞争对手更长期、更大量、更持续地拥有顾客，这要作为企业永远讨论不休的话题。（2005年5月28日）

二十一、企业战略的重要性：

确立一个好的切合企业自身实际又具有很强的可操作性的战略是事业成功的一半。（2007年5月14日）

二十二、客户观念：

读者是销售部门的客户；销售部门是

采购部门的客户；采购部门是上游供应商的客户。企业上下要牢固树立为客户服务的思想。只有这样，我们才能够做好服务工作。（2005年7月21日）

二十三、企业的长寿基因：

好的企业精神和企业文化是企业长寿的基因。（2008年6月11日）

二十四、改革观：

我们要牢固树立改革就是推动力，改革就是发展力，改革就是创造力，改革就是竞争力的思想观念。并围绕改出活力、改出动力、改出效益、改出和谐、改出竞争力来进行。（2008年6月21日）

二十五、管理本质：

管理的本质就是管好人、财、物。管好人是管理本质的核心要素，只要管好人，我们就有了管好财和物的基础。（2007年8月8日）

二十六、企业精神和企业文化：

企业精神和企业文化很大程度上就是老板精神和老板文化，或者说是老板精神和老板文化的延伸和发展，也就是发展了的老板精神和老板文化。（2005年10月28日）

二十七、管理等级：

最差的管理：老板一个人忙，员工不

忙；上一个层次：老板忙，员工也忙；再上一个层次：员工忙，老板不忙。（2005年8月18日）

二十八、允许下属犯错：

为了让大家大胆决策，放开手脚做事情，同样的错误我允许犯两次，即便犯了第三次，我也能够理解。毕竟人的错误往往是在无意识中犯下的，且概率很低。要求太严势必弄得下属缩手缩脚，瞻前顾后，为了保全自己，追求没有过失，其结果是效率极低，得不偿失。当然适当的批评教育、警醒和处罚还是必要的。（2000年6月8日）

二十九、弱者的特征：

抱怨、责怪、叹息、盲目附和是弱者时常发出的声音。（2009年12月9日）

三十、主动权就是话语权：

主动权是利益砝码，谈判要将主动权牢牢地攥在自己手里。一旦失去怎么办？想办法再拿回来。（2005年8月9日）

三十一、谈判的效能：

方法得当的谈判是成本最低、产出最高的商业行为。（2009年12月17日06：17）

三十二、费用节约和成本控制：

费用节约和成本控制无处不在。节约了1分钱的费用就等于创造了2分钱的利润，在行业竞争日趋激烈的形势下，懂得费用节约和成本控制的企业，比不懂得费用节约和成本控制的企业的竞争力要强许多倍，节约了费用就等于创造了利润。（2006年11月5日）

三十三、竞争意识：

现在不仅是大鱼吃小鱼的时代，还是快鱼吃慢鱼的时代，更是清醒的鱼吃掉睡着的鱼的时代，有精神的鱼吃掉病态的没有精神的鱼的时代。警醒自己，力争上游，是获得新的竞争优势、求得生存和发展的必然选

择。（2009年12月18日16：17）

三十四、对上负责：

不能充分领会上级意图，执行力弱，不会主动汇报结果的管理人员是不职业、不成熟的管理人员。（2009年4月9日）

三十五、优秀驾驶员标准：

一名优秀驾驶员的标准我评价就六个字：爱车，安全，服务。也就是说，爱车才会保养车、保持车辆卫生；把安全放在驾驶工作之首；有服务乘客、服务领导的意识。（2009年3月29日）

三十六、行车安全：

开车，稳重比速度更重要。一旦出事了，连挽回的机会都没有。（2009年6月8日）

三十七、锻炼身体：

为新知事业和家庭幸福锻炼身体。（2009年12月27日06：49）

三十八、天才与蠢材：

在一个上千人、上万人的企业团队中，天才多不多？不多，基本上没有。蠢材多不多？不多，基本上没有。关键是你把他们放对位置了没有。只要放对了位置，蠢材变人才。如果放错了位置，天才没准就变成蠢材。别成天抱怨企业没有人才，企业不发展缺人才，发展了还缺人才，发展快了更缺人才。只有重视员工，把员工当人才培养并放对位置的企业，才能解决好这个难题。（2008年8月6日讲课）

三十九、强员工，强部门，强企业：

只有部门每个员工都做强了，部门才能做强；只有每个部门都做强了，企业才能强大。强员工是强部门的基础，强部门是强企业的基础。（2005年1月1日）

四十、总结的意义：

总结过去是为了更好地把握现在和将

来！（2010年1月12日07：26）

四十一、五条禁令：

1.严禁酒后驾驶机动车，违者予以辞退；造成严重后果的，予以开除。

2.严禁在工作时间内醉酒，违者予以警告或处分；造成严重后果的，予以辞退或开除。

3.严禁未经允许私自下水游泳，违者予以辞退；情节严重的，予以开除。

4.严禁参与赌博，违者予以辞退；情节严重的，予以开除。

5.严禁驾驶机动车时玩手机，违者予以辞退；造成严重后果的，予以开除。

部门员工有以上行为的，本部门负责人

有连带责任，公司将视情节轻重对负责人进行处罚。

（2003年4月24日）

四十二、未来企业的生存法则：

这是一个强者越强、弱者越弱的时代。要么你做第一，遥遥领先于第二，让别人无法企及；要么你做唯一，让别人不可替代，难以模仿。这是未来企业生存的不二法则。

（2006年7月18日）

四十三、底气与霸气：

霸气来自底气，底气来自你对整个行业的系统、全面、准确的把握和精确判断。没有底气，何来的霸气？（2007年5月8日）

四十四、说与做：

说到做不到的人太多，说到做到的人太少，只做不说的人凤毛麟角。（2010年4月18日）

四十五、团结的重要性：

团结就是生产力！团结就是战斗力！团结才能出人才！不懂得团结的人是不能做管理人员的。（2005年4月11日）

四十六、自己的事自己干：

不怕苦，不畏难，分内的事情自己干，不给领导添麻烦！（2010年4月16日）

四十七、原则性与灵活性：

一个好的管理人员应该既有原则性，又有灵活性。（2005年4月8日）

四十八、新知的人才标准：

1.责任心、使命感方面：

（1）有担当新知重任的责任感和使命感，把新知事业当作全体新知人的共同事业和自己的事业来做，并愿意为之付出毕生的努力。

（2）在任何情况下都不退缩，不畏艰难，不怕吃苦，把企业利益放在首位。意志坚强，有带着企业朝前走的决心、韧劲和勇气。

（3）认同新知的企业精神、企业文

化、战略规划。

（4）有坚定的信念，坚持图书行业是新知事业的主导产业不动摇。

2.职业素养、专业化水平方面：

（1）对图书行业有相对深入的了解和熟悉。

（2）有良好的学习习惯和进取心，适时更新自己的专业知识结构，紧跟时代发展的步伐，做发行行业的先锋。

（3）办事效率高，决策能力强，有拍板定调的能力和很强的执行力。

（4）有良好的内外部沟通协调能力和交际能力。

3.职业道德和个人修养方面：

（1）有服从上级、尊重同级、爱护下级的道德风范。

（2）大局意识强，关键时候牺牲小我，顾全大局。

（3）是非观念强，能明辨是非，主持正义，树立正气。

（4）有爱心，关心员工，关心社会。

（5）拥护中国共产党，热爱自己的祖国。

（6）严于律己，身先士卒。

4.团结与亲和力方面：

（1）有团结大家共同干事的意识，不拘小节，团结干事。

（2）有亲和力，能与团队友好相处、平等相处。

5.身体素质方面：

（1）年富力强，身体健康，精力旺盛。

（2）性情开朗，心理健康，心态阳光，

积极向上。

6.世界观、人生观、价值观方面：

（1）有清晰的世界观。

（2）有明确的人生观。

（3）有稳定的价值观。

（2009年12月31日）

四十九、多元化与一元化：

关于企业多元化与一元化的问题，人们一直争论不休。其实，多元化与一元化都有一些成功的案例，并没有什么对错。如果企业有富余的人、财、物资源，可以去搞多元化。我不太赞同以牺牲企业核心主业的人、财、物资源为代价去搞多元化。（2007年6月6日）

五十、文化产业：

文化产业是资源低消耗产业，是低投入、高产出的智力资源商品化产业，是低污染环保型的阳光产业。（2005年10月28日）

五十一、怎样当好下级：

上级想到的，我们要想到；上级没有想到的，我们要为上级想到；上级有明确指示、要求和希望的，我们要不折不扣地执行和落实，并将结果及时向上级做汇报。（2009年8月6日）

五十二、超前意识和时间观念：

凡事有提前准备意识和习惯的人，是

牵着时间"鼻子"走的人。没有提前准备意识和习惯的人，是被时间牵着"鼻子"走的人。（2011年2月12日11：04）

五十三、优秀的人：

持续以自己的努力去弥补其他人努力不足的人！（2011年4月3日）

五十四、三个意识：

凡是遇到有人讲有负面影响的话语时，我们需要有三个意识：一是不参与意识；二是劝导和制止讲话人的意识；三是话到我处止，不再往下传的意识。（2013年2月15日）

五十五、给读者一个选择新知的理由：

我们要给读者一个选择新知的理由，即站在读者的角度来换位思考，替读者回答好我凭什么非要到新知来买书这个问题。只要我们给足顾客选择新知的理由，我们就获得了发展。（2012年8月15日）

五十六、坚持：

无论做任何事情，最难能可贵的就是坚持，锲而不舍，始终如一。一个不懂得坚持，又无组织纪律观念，执行力差的人，任何组织和团队是不会给他成长机会的。（2007年5月11日）

五十七、职业与不职业:

知道什么时候该干什么事情,把事情做对、做好叫职业;不知道什么时候该干什么事情,该做的事情没做好叫不职业。(2005年11月7日)

五十八、学习与借鉴:

别人先进的成功经验,我们可以借鉴来用,并将自己不好的一些做法抛弃,哪怕是一些微小的改观和变化,也能给人以常新的感觉。(1998年11月23日)

五十九、市场满足率:

市场满足率就是市场占有率,要把市场

满足率当作头等大事来抓，当作企业的一项核心竞争力来抓。（2007年7月10日）

六十、企业文化与部门文化：

企业和部门文化的形成需要一个漫长的过程，需要一点一滴的日积月累。部门也好，企业也罢，不存在有没有企业文化和部门文化，只存在有什么样的企业文化和部门文化。是好的文化还是不好的文化；是积极向上的进取文化还是消极懒怠的等靠文化；是主动做事的文化还是被动做事的文化。（2006年4月16日）

六十一、向中国共产党学习：

向伟大的中国共产党学习组织建设，把

党中央科学决策、治国、安邦、理政的智慧和方略，用于指导和借鉴于企业发展是我们需要长期坚持做好的一项重要工作。（2011年6月16日）

六十二、向解放军学习：

解放军能打胜仗，是因为有坚定的信念和铁的纪律与强大的执行力做保障。企业一旦具备这样的条件，有这样的信念和执行力，一样可以在激烈的市场竞争中胜出，成为行业中的佼佼者。（2010年3月23日）

六十三、管理团队：

优秀的企业管理团队，是推动企业持续发展、健康发展、良性发展的重要保障，是

基础，也是第一资源。（2008年11月5日）

六十四、为读者找书：

好的书籍要在最合适的时候给到最适合它的读者手中，这就是我们发行人员的工作职责和价值所在。（2010年6月18日11：20：16）

六十五、超凡脱俗：

企业的发展就是要能持续地超凡脱俗，不断地创新突破，才能取得新的进展。（2010年7月17日23：48：03）

六十六、职业化和专业化：

职业化和专业化要时刻能够体现在我

们日常工作的点滴当中！（2010年8月29日
12：09：38）

六十七、爱哪行干哪行：

干一行爱一行好比先结婚后恋爱，被动
接受，不人性；爱哪行干哪行才符合人性，
才能产生出最大的原动力、内动力和创造
力！（2010年11月1日17：50：16）

六十八、统一战线：

统一思想才能统一步调；统一步调才能
统一行动；统一行动才能实现管理高效。统
一战线的核心就是调动一切可以调动的积极
因素，实现团队的共同理想和目标！（2006
年11月26日11：19：56）

六十九、共同愿景：

当企业家的梦想与员工的理想和企业的目标达成一致或趋同时，对企业的推动力和发展力才是最强劲的！（2010年12月4日09：27：07）

七十、正确决策：

工作需要把握好尺度和分寸，权衡好利弊，一旦把握不好，权衡不好，就容易产生负效益和负效率。在利和弊发生激烈冲突和矛盾，没有两全办法的情况下，能择其更有利者，趋利避害地做出正确判断和选择，就是正确决策！（2010年12月14日15：18：29）

七十一、经营：

经营的核心就是算清心中的那本账，并立即行动做对事！（2011年9月9日08：26：37）

七十二、眼界和前瞻性：

危机与机遇往往是并存的。大多数人只看到了危机，只有少数人在看到危机的同时发现了与之并存的机遇，在大多数人停滞不前和等待观望的时候，看到机遇的人大胆投资，最终获得成功！（2011年11月28日05：17：24）

七十三、畏难情绪、稳妥与冒进：

做事最大的障碍是畏难情绪，还没开始做事就把可能出现的问题想得太多、太大、太难，结果自己吓自己。谨慎分析和权衡好各种利弊再去行事是可以有效降低风险的，但容易错失良机。在信心严重不足的情况下做事，使本来十分的能力只能发挥到六分、七分，甚至更少，成功的概率大大降低。相反，以车到山前必有路的开拓进取精神去行事，虽然会碰到更多意想不到的问题和困难，但越是在这种状态下，为了解决摆在眼前的问题和困难，人的潜能就会发挥到十一分、十二分，使成功的概率大大提高！

（2011年11月26日05：36：30）

七十四、位子：

如果你职责内的事都被别人帮你做完了，你的位子也就不保了！（2011年12月10日18：39：16）

七十五、事业者的素养：

小事众议，大事独断。关键时候思路清晰，思维敏捷，判断准确，果断决策。危机时刻挺身而出，身先士卒，担当责任，这是事业者应当具备的素养。（2011年12月11日10：41：43）

七十六、管理者基本素养：

既有原则性，又有灵活性。既是指挥

员，又是战斗员。有方法及能力解决好团队的动力和效率问题。（2012年9月30日08：26）

七十七、领导的对与错：

正常情况下，领导是不会有错的。因为高度不同、角度不同，思考问题的方式、方法、精度、深度和广度不同，其结果大相径庭。如果领导真的错了，他自己会在合适的场合承认，因为他有这样的胸怀、度量和底气。领导对偶尔错误的承认，不但不会降低他的威望，反而会提升他的人格魅力。只有弱者才会为掩盖自己的缺点错误去辩解，甚至是无原则地辩解，其结果会变得苍白无力。（2012年9月9日11：35）

七十八、爱憎分明：

爱憎分明是组织和团队主持正义、树立正气的基础，是组织和团队执行力、战斗力的保障！一团和气和相互包庇纵容会削弱团队的精神意志！（2012年8月15日12：02）

七十九、执行力的体现：

组织或团队强大的执行力，常常体现在能够完成许多常人难以想象的工作和项目上！（2012年7月22日13：09）

八十、上级与下级的典范：

周恩来总理和毛泽东主席共事一辈子、相处一辈子，心心相印、配合默契，建立了同志加兄弟的深厚感情，为上下级、正副职之间树立了典范。诀窍在于不错位，不越位，知进退，即前半步与后半步之间的学问。周总理在重要场合总是后退半步请毛主席讲话，认为毛泽东是党中央的主席，在重要场合只有他讲话最合适！在有人向主席敬酒时，总是上前半步说："主席不能喝酒，我来！"这前半步与后半步之间体现的是维护上级的权威和为上级遮风挡雨的学问。正是这前半步与后半步的学问，为上下级和正副职之间处理好工作关系树立了典范！

（2013年12月5日08：36）

八十一、负责与不负责：

当越来越多的干部假负责任之名行推卸

责任之实时，这种推卸文化将演变成经济社会发展的巨大障碍！（2013年11月22日16：45）

八十二、想法说法做法：

有的事只做不说，有的事只说不做；有的事多做少说，有的事多说少做。凡此种种，看可能产生的正负能量而定，看必要性而定！（2013年10月23日10：16）

八十三、作为与不作为：

作为的人总是想方设法地做事，把很多常人认为不可能的事变成可能！不作为的人总是找出一大堆难以做成或做不成事的理由，在本来可以做成的事上放大困难，使事

情变得做不成！（2013年10月1日06：47）

八十四、企业家精神：

1.具有国家意识、政党意识和人民意识。

2.具有社会责任感。

3.具有民族自尊心和荣辱感。

4.具有振兴国家和完成民族伟大复兴中国梦的信仰、信念、自觉、理想和抱负。

5.有政治意识、大局意识和全局意识。

（2013年5月8日）

八十五、企业家职业素养：

1.有冒险精神。

2.敢于担当。

3.有前瞻性和超前意识。

4.善于学习、不断进步和提高。

5.具有同情心和博爱的胸怀，关心周围的人和事。

6.激情澎湃，自身充满原动力和内动力，不知疲倦地工作。

7.有团结意识、和谐意识。

8.有品牌意识和市场意识。

9.会建班子，会带队，会开会，会总结，会培训，会表扬，会褒奖，会批评，会纠错。

（2013年5月8日）

八十六、脱手文化即效率文化：

凡涉及需要多个部门和多个岗位协同

配合完成的工作事项，到自己手上立即完成并上交和下传，不让其在手上形成停滞和阻碍，让事情尽快脱手，一旦在组织和团队中形成脱手文化，组织和团队的工作效率就会倍增。（2007年4月16日）

八十七、格局：

思想是行动的先导，只有想到的事，我们才可能去做，如果连想都想不到的事，我们是不可能去做的。如果我们只想在昆明发展，新知的连锁店就不会开到云南各州市去；如果我们只想在云南发展，新知的连锁店也不会开到全国各省去；如果我们只想在中国发展，新知就不可能成为国际连锁企业。我们要站在全球的高度，定位企业的发

展方向和目标。（2005年6月20日）

八十八、赢：

　　企业要想"赢"，就赢在对事业有信仰、信念上；赢在有清晰明确的战略目标上；赢在员工有清晰的世界观、明确的人生观和正确稳定的价值观上；赢在对国家方针政策的理解、把握和响应速度上；赢在对国家社会发展的责任及使命感上；赢在对市场变化的敏感反应和快速应对上；赢在对事业的执着与对文化理想的坚持坚守上；赢在超前意识和反应速度上；赢在集体智慧与创新能力上；赢在永无止境，持续推进的精细化建设上。（2011年1月6日）

八十九、战略、方法、结果：

企业做什么？解决的是发展战略定位的问题。企业怎么做？解决的是做好、做对事情的方法和理论。企业做得怎样？是结果，是执行力、落实力、创新力以及方法应用是否得当的具体体现。（2004年3月8日）

九十、学习与借鉴：

学习和借鉴会让我们的工作思路更加清晰，对实现战略目标的信念更加坚定，重要决策更加理性和科学，会让我们少走很多弯路。（2006年5月18日）

九十一、计划与调整：

工作计划实施的过程，就是一个需要

不断调整的过程，并以调整到最佳状态为目标，而不是教条理解、被动执行！（2012年10月8日08：32）

九十二、七讲：

我们要让讲政治、讲先进、讲科学、讲信仰、讲精神、讲原则、讲以人为本的理念在企业团队中蔚然成风，从而形成良好的学习氛围和工作氛围。（2011年9月10日）

九十三、学习党史、国史：

学习党史、国史，了解党情、国情，一是有利于团队建设，增强凝聚力，提升智慧的力量，把我们共同的事业推向前进；二是有利于企业不走和少走弯路，促进企业健康发展；三是有利于提高我们的科学决策能力和管理水平，使企业决策更加切合实际，让企业管理人员尽快成长成熟起来；四是让企业有抵御各种风险和预见各种不确定因素的能力。（2009年2月11日）

九十四、带队：

"主帅无能，累死三军"，企业的每位管理人员都要学会带好自己的团队，扮演好主帅的角色，既要高效地工作，还不能累死"三军"。（2012年8月12日）

九十五、好企业：

什么是好的企业？我认为，有使命、有社会责任、有企业战略目标、有自己独特的企业精神和企业文化，不仅是事业平台，还是职业平台，员工通过企业这个平台可以实现自身价值，具备这些条件的企业，基本上可以算是一个好的企业。（2010年10月15日）

九十六、和谐企业：

企业的和谐就是协调一致，就是一种近乎完美的状态，呈现出来的是流水线般的匀速和顺畅。好比春蚕吐丝，好比打太极拳，速度适中，上下协调，连绵不断，没有停滞和阻碍。在这种状态下，企业效率是最高的，成本是最低的。因此，企业的和谐是每个企业家都追求的目标。（2004年12月28日）

九十七、职业素养：

无论什么行业，其竞争力的强弱还取决于企业团队的职业素养。企业员工职业素养越高，其竞争力就越强；反之，竞争能力就越弱。（2011年9月18日）

九十八、群众路线：

当员工看到企业前途一片光明时，他们会自觉地、主动地、心甘情愿地去干好每一项工作。反之，则会情绪低落、应付领导、应付工作，对工作没有热情和激情。因此，我们要保持清醒的头脑，与广大职工保持紧密联系，尽量避免脱离群众、脱离实际、瞎指挥的情况发生。（2007年9月23日）

九十九、达成一致目标：

当员工的目标和企业的目标达成一致时，企业就获得了发展的原动力。同样，当企业发展目标与国家的方针政策达成高度一致时，企业就会获得发展的先机，获得来自政府的支持和扶持。（2008年7月8日）

一百、人岗相宜：

把人放对位子是领导者的责任，人岗相宜就是人才。（2005年4月29日）

一百〇一、领导：

"领导"即带领引导，连贯起来就是"领而导之"，简单说来，也就是率领着一群人工作的同时，还要注意引导他们怎样干好自己分内的工作，教会他们工作的方式和方法，同时把人力资源充分地利用起来，从而创造出最佳的经济效益。（2002年5月24日）

一百〇二、中国民营企业对国家经济社会发展的贡献：

中国改革开放40年时，民营企业创造了5、6、7、8、9的经济奇迹与科技神话。即50%以上的税收；60%以上的国内生产总值；70%以上的科技创新成果；80%以上的城镇劳动力就业；90%以上的企业数量。截至2017年底，在没有国家财政资金投入的情况下，概括起来说，民营企

业家用自己的钱（自有、借、贷等）贡献了
50%以上的税收，60%以上的GDP，70%
以上的科技创新成果，80%以上的城镇劳
动力就业，90%以上的企业数量。这还不
是在与央企国企享有同等待遇即公平起跑
线的条件下实现的成就。如果是在同一条
起跑线上，这些5、6、7、8、9的业绩和
数据可能还要更好，同时也充分证明了改
革开放所取得的伟大成就，证明了市场
开放化程度越高，越有利于国家经济社会
发展。今年是改革开放42年，民营企业用
42年的时间创造了超乎想象的成绩。应该
说：凡是在中华人民共和国领土、领海、
领空范围内的一切设施、设备、建筑物都
是中华人民共和国的。以更加开放、包容的
姿态鼓励民营企业发展，切实保护民营企业

家人身和财产安全，为伟大复兴中国梦早日实现提供更加强有力的保障。（2020年4月25日08：14）

一百〇三、疑人要用，用人要疑：

过去人们总是说：疑人不用，用人不疑。现在到了一个疑人要用，用人要疑的透明的时代。你的思维转换过来了吗？关键是你有没有经得起别人怀疑的自信。（2018年9月3日01：55）

一百〇四、不作为：

不作为的人往往在碰到困难的时候不是想方设法地突破，而是想把困难马上转交给别人。当你该做的事情都被别人做完了，

你的位子也就不复存在了。（2015年2月4日 14：47）

一百〇五、团结：

组织最缺的不是最能干、最有能力和有水平的人，最缺的是能够团结大家共同干事的人。团结能人干大事，团结好人干实事，团结小人不坏事。团结就是生产力，团结就是战斗力，团结才能出人才。一个不懂得团结的人是不可能走上主要领导岗位的。（2014年11月14日16：21）

一百〇六、思想是行动的先导：

用企业家的思想高度影响和提高企业管理团队的思想意识，以此来提高企业的发

展力，增强企业的发展后劲。（2016年1月8日）

一百〇七、成就事业的基础：

胸怀、眼界、格局，使命、责任、担当是我们成就宏图伟业的基础。（2020年9月1日06：27）

一百〇八、人才流向：

事业留人：有职业，无事业，很难留住核心人才，事业平台很重要。待遇留人：员工的工资待遇高于行业企业平均水平时，行业的人才流入，等于平均水平时基本稳定，低于平均水平时人才流失。感情留人：受企业精神和企业文化的长期熏陶，有的管理人员和员工与企业产生了深厚的感情，能与企业同呼吸、共命运，即使企业碰到像新冠肺炎疫情这样的困难时，也不离不弃，共同坚持坚守，守望相助，共克时艰，共渡难关。（2020年9月30日）

一百〇九、状态与反差：

有的人工作时间老想着休息，想着早点下班，心不在焉，反复看表，时间好像停住了似的，工作进入不了状态。有的人休息时间老想着工作，甚至包括周六周日和节假日，老惦记该做完还没有做好的那些事。两种不同的工作态度，其人生的结果一定是不一样的。（2015年4月14日）

一百一十、会员：

花钱办卡的会员，就是我们的忠实粉丝。足够大量的会员人数，是我们零售的基础保障。（2000年1月4日）

一百一十一、无事生非：

无事生非说的是无事可做者因为时间充裕，在百无聊赖的状态下往往就会生出许许多多的是是非非来，扰乱企业的正常经营秩序和团队氛围，成为害群之马，必须清理出去。（2014年7月24日）

一百一十二、企业家与职业经理人的区别：

企业家着眼宏观、着眼长远，投资预

期和未来。职业经理人更多着眼眼前、着眼当下，即具体的是经营管理和短期目标的实现。（2017年1月18日）

一百一十三、执着与勤能补拙：

花十分精力都做不好的事情，我们就花十一分、十二分、十三分的精力把它做好。花1个小时做不好的事情，我们就花2小时、3小时力争把它做好。花1天时间做不好的事情，我们就花1个月、几个月的时间把它做好。花1年时间做不好的事情，我们就花几年、十几年、几十年，甚至一辈子的时间努力把它做好。设置好心中的目标，用执着的锲而不舍的精神，勤能补拙的坚持，实现心中的梦想。（2020年10月15日10：07）

一百一十四、执行力：

就是有想法，有做法，出成果。

做事需要钉钉子精神，否则本来应有的能力就会大打折扣。

有了成熟的想法后，在匹配的时间内把想法变成现实。（2016年4月3日）

一百一十五、个人能力的重要性：

个人能力是自己最靠谱的资本，而不是各种人际关系、社会关系，这些与个人能力相比只能算是润滑剂、添加剂。（2019年6月16日）

一百一十六、信念、信仰的力量：

只要心中有信念、信仰，团队就会对事

业充满信心和力量，企业才会有不竭的发展动力。（2016年3月8日）

一百一十七、正能量与负能量：

去除了负能量，等于增加了正能量。去库存等于轻资产。（2020年9月1日）

一百一十八、奖励措施办法多多益善：

在企业经营管理过程中，各种奖励、激励的措施和办法越多越好，针对不同的岗位进行设置，从而营造出遍地是钱，只要你愿意弯腰，都可以捡得到的良好的公平竞争环境及氛围。多劳多得，少劳少得，不劳不得，把企业是全体员工的共同事业平台体现出来。（2015年4月17日）

一百一十九、动态思维与静态思维：

与时俱进，与时倒推，因地制宜，因情制宜，因人制宜，因时制宜的思维方式叫动态思维方式；固化、生搬硬套、刻舟求剑式的思维方式叫静态思维方式。动态思维方式贴近实际，接地气，能有效提高工作效率和解决处理问题的能力，是既有原则性又有灵活性的具体表现。静态思维脱离实际，不接地气，往往会造成大的内耗。（2014年9月30日）

一百二十、信念与信仰：

人因为信念坚定而产生信仰，克己奉公，严谨自律。人因为没有信仰而私欲膨胀，贪得无厌，自甘堕落。（2016年2月

26日）

一百二十一、人性的弱点：

人都是懒惰的；人都是自私自利的；人都是以自我为中心的；人都是趋利避害的。了解、把握人性的弱点，我们才能搞好管理工作。（2006年5月13日）

一百二十二、用心服务：

顾客想到的，我们要想到；顾客没有想到的，我们要为顾客想到。顾客的合理要求，我们要想方设法地去满足。服务和销售事成于细，不以事小而不为。（2019年10月9日）

一百二十三、动脑与动手能力：

动脑能力强的人动手能力就弱，动手能力强的人动脑能力就弱。职务和级别越高的人动脑能力越强，职务和级别越低的人动手能力越强。两者间是此消彼长和此长彼消的关系。弄清楚这个关系，我们才能更好地做好组织工作和人力资源调配与管理工作。（2014年6月8日）

一百二十四、简单的才是易于操作的：

制度设置一定要具有可操作性、可执行性，一定要接地气。制度设置一旦复杂到不可执行和落实的程度，还不如没有这些制度。（2014年3月2日）

一百二十五、开放、包容、融合、发展：

任何一种制度都有其优越性和局限性，摒弃自以为是的心态，吸取其他制度的精华，废弃自己制度的糟粕，我们才能走上高速发展的捷径。（2015年5月15日）

一百二十六、批评是人生成长的捷径：

怕挨批评最好的办法就是自己尽量少做错事。既然自己做错了事就不要怕挨批评，因为被批评后人就会成长。正所谓：吃一堑，长一智。

上级领导通常情况下是不轻易批评人的，前提是你不要给领导批评你的理由。自己经常把不该做错的事做错是责任心和细心不够的问题，自己做错事又不想被领导批评是没有道理的。

因下属思想认识高度不够而导致的错误和失误我可以理解、谅解、引导、指导。因为责任心问题把不该做错的小事做错了，我也会毫不客气地给予严肃的批评。

（2015年4月3日）

一百二十七、贴心服务：

在这个人情味渐淡的时代，贴心服务就能让顾客感受到久违的温暖，自然心怀感激，成为忠诚客户。（2019年6月18日）

一百二十八、考场：

管理岗位处处都是考场，考验着每位管

理人员的忠诚、作为、能力、水平、使命、责任、担当。（2015年6月8日）

一百二十九、用对人才：

凡事要因地制宜、因情制宜、因事制宜、因人制宜，人、岗、事相宜就是人才。把合适的人安排在合适的岗位才能发挥人才的作用，一旦放错位置，人才的优势和强项就得不到有效的发挥，就会造成人岗不宜和人才浪费。在组织中用对人很重要。如果一方面缺少人才，一方面又在浪费人才，由此形成的内耗和损失就是领导的失职。（2018年4月27日）

一百三十、对企业和个人的评价：

一个肩负了社会责任和历史使命，做到经济效益与社会效益并重，在市场夹缝中能够保持旺盛生命力的企业才算得上是伟大的企业。要说我与其他人还有点不同的地方，那就是在遇到问题和困难时，我的第一反应是想方设法、竭尽全力地解决问题和克服困难，而不是产生畏难情绪。（2017年10月31日）

一百三十一、管理有方：

人上一百，形形色色，追求只有"忠臣"而没有"奸臣"是做不到的，真正的明君是不怕奸臣的，相反可以利用自如，互相钳制。汉武帝刘彻说"长江水清，灌溉了两岸数千万亩的良田；黄河水浊，同样灌溉了两岸数千万亩的良田"，就是最好的解读。今天当着"忠臣"的面收拾"奸臣"，明天当着"奸臣"的面收拾"忠臣"，错了都得受罚。无论是"忠臣"还是"奸臣"，只能做好事，做对的事，否则对不起。

　　管理企业也和管理国家一样，道理是相通的。董事长一个人睡不着，企业中其他全部管理人员都睡着了，企业就危险了。企业中全体管理人员都睡不着，董事长一个人睡着了，企业就成功了。

（2015年6月30日）

一百三十二、企业精神、企业文化的重要性：

只有在企业团队中建立起企业精神、企业文化，团队才会坚定信念，建立信仰。企业平台才会成为员工团队共同的事业平台，员工团队才会为了共同的事业坚持坚守，永不放弃，团队才会有理想，有使命、责任、担当精神，才会有凝聚力、向心力、战斗力。企业精神和企业文化是企业的灵魂，是企业基业长青，成为百年老店的基础和保障。（2020年3月18日）

一百三十三、正义、正气与原则性：

正义和正气是维护组织运行的重要保证，组织领导一旦没有了原则性，就等于没有是非观念。因此在组织中主张正义、树立正气是十分重要的。一团和气，不讲原则地搞平衡等于没有是非观念，组织成员将成为一盘散沙，没有凝聚力和战斗力。（2016年10月1日）

哲学思想篇

一、人生价值观：

一个人的人生价值，应当以他一生的所作所为对推动人类社会的文明和进步所起作用的大小作为衡量标准。作为新知人，我们有责任为社会做出自己应有的努力和贡献。（2006年11月4日）

二、三类生命：

绿色生命、灰色生命、黑色生命。

绿色生命积极面对人生，生生不息，奋斗不止，追求理想，奋发向上，是完美的理想主义者。

灰色生命听之任之，不思进取，自暴自弃，当一天和尚撞一天钟，冷漠，自私，虚伪，缺乏爱心，是典型的利己主义者。

黑色生命不顾别人，专门利己。集中表现为：吃、喝、嫖、赌、吸，坑、蒙、拐、骗、偷，百无聊赖，碌碌无为，专干坏事，毫无意义地浪费生命。

（2001年5月3日）

三、人活三种境界：

第一：物质需要，即吃饱穿暖或吃好穿好；

第二：活一种品位和档次；

第三：活一种精神和境界。

（2006年1月4日）

四、度论：

不偏不倚谓之度，恰到好处谓之度。其

实，人生就是一个大的度，这个大的度是由千千万万个小的度组成的，包括你日常生活中的一言一行都有一个对度的把握。对人生的度把握得好的人，会获得很多意外收获。对人生的度把握不好的人，将失去很多东西。（2004年7月2日）

五、大与小：

与漫长的人类发展史相比，人的一生不过是昙花一现；与浩如烟海的世界科学文化知识相比，我们每个人的所学和所知，几乎等于无知；与无穷无尽的宇宙相比，有限的地球还不及空气中飘浮的一粒浮尘。由此，我明白了人生的宝贵，懂得了谦虚，知道了大小。（2003年4月30日）

六、人与财的关系：

人聚财聚，财聚人散，人散财散，财散人聚。做企业的人要懂得团队员工的需求，并满足大家的合理需求，把握好人与财之间的这个度，事业的基础才牢靠，事业才能够不断得到巩固和发展。（1998年6月17日）

七、精神观：

1.为某种信仰和追求而持续保持的内在动力叫精神。（2009年9月9日）

2.为了某种理想和目标追求而持续保持的责任心、进取心和使命感叫精神。（2009年9月23日）

3.精神是一个人、一个国家、一个民族

内在动力的源泉。（2008年11月22日08：17）

八、文化观：

1.以文教育之、以文感化之叫文化。教育和感化受众的目的，是让更多的人认同教化者的价值观。

2.文化是人们在长期的生产生活中形成并高度认同的语言习惯、行为习惯。习惯就是文化，各种习惯就是各种文化。民族文化更多的就是民族风俗、民族习惯。（2009年9月10日）

九、偶然与必然：

世界发生着一切该发生的事情，不存在

偶然，全部都是必然。只要你能想到的事，它就一定会发生，只是时间或早或晚而已！

（2003年6月29日）

十、成功没有标准：

从你认为自己成功的那一刻开始，也就是你走下坡路的开始！（2007年7月9日）

十一、"精、气、神"：

大到一个国家、一个民族、一个社会，小到一个企业、一个团队、一个个人，都需要有点精、气、神，否则无法立国，无法立业，无法立足。（2009年12月14日）

十二、自知之明：

自知者明，自明者强。（2009年12月16日20：10）

十三、有心人：

事情是留给有心人做的。（2006年11月16日）

十四、用心做事：

用心和投入往往就能做成本以为自己做不成的事情，有时甚至超过你的预期。（2009年12月17日07：07）

十五、非常之事与非常之法：

非常之事以非常之法泰然处之。（2009年12月17日09：10）

十六、理想与目标：

只要你把理想作为自己奋斗的目标，它就离你近了。（2009年12月18日）

十七、客观认识事物：

你认识和理解不了的事情，不等于它就不存在，好比你不了解的文化不等于它就不存在一样。人往往会因为一己私利、一点私心而随意和故意否认自己没有认识到的事物，这是人类社会的悲哀。（2009年12月19

日08：28）

十八、运气：

据说，运气对每个人来说都是公平的，平均每八年会到你身边一次。只不过有的人发现并及时抓住了它，使之成为改变其人生发展的一个机遇；有的人发现这好像是个机遇，犹犹豫豫地错过了；有的人到死也没能发现一生中曾有几个运气、几次机遇到过自己身边。当然，最难得的是能够自己创造机遇的人。（2005年2月6日）

十九、胸怀和高度：

你的胸怀和高度，决定你事业的广度和深度。当你心中装得下3000人的时候，你可以当个村主任；装得下3万人的时候，当乡长；装得下30万人、50万人的时候，当县长；装得下300万人、500万人的时候，当市长；装得下5000万人、8000万人的时候，当省长；当你的心里能装下5亿、8亿、10亿人的时候，你就能当国家总统、元首、总理。（2008年10月3日培训时）

二十、好人与坏人：

好人与坏人是相对而言的。当我们把一个人的缺点全部隐藏起来，反复强调和宣扬他的优点，他就是个好人、优秀的人、卓越的人；当我们把一个哪怕平时大家认为是个好人的人的全部优点都隐藏起来，甚至否认他曾经的优点，反复强调和宣扬他的缺点、

过失和错误，他就成了坏人。（2005年3月4日）

二十一、传统与时尚：

越是传统的，越是永恒的；越是时尚的，越是容易过时的。正因为其有历久弥新的文化内涵，才成就其传统和永恒的基因。时尚因其需要随时间变化而变化，越时尚其更新速度就越快，过时得就越快。（2007年8月8日）

二十二、文化与和谐：

优秀文化是构建和谐社会的核心要素。（2009年12月22日12：24）

二十三、"孝文化"的传承规律：

你对父母好，子女对你好。而非你对子女好，子女对你好。这是中国"孝文化"的传承规律。（2009年12月20日16：06）

二十四、思维方式：

人的思维方式大概可分为正常思维、逆向思维、跃式思维、透视思维、系统思维和全局思维六种。正常思维是正常人清晰而有条理的思维方式；逆向思维是指有反向推理习惯的思维方式；跃式思维也可以理解为跳跃式思维和活跃思维，即不被一个问题所阻挠，懂得绕开来思考问题的思维；通过相关细节现象，实现以小见大，见微知著、透过表象看到本质的思维方式就是透视思维；

系统思维其实就是全面思维，即把相关要素和信息通盘思考，从而达到抓住重心、把握重点的目的；全局思维就是比较思维、平衡思维、大局思维、和谐思维的集中体现。即"不谋万世者，不足谋一时。不谋全局者，不足谋一域"的具体体现。六种思维中，后一种是前一种的升级版。有后一种思维的人往往具备前一种或前几种思维的能力。（2010年1月3日年度工作会议报告上的讲话）

二十五、核心与边缘：

国家、民族和个人一样，当你不想努力成为核心的时候，就将面临被边缘化的危险。（2008年3月9日）

二十六、弱与强：

每个行业的企业都是做强成为做大的基础，做大成为做强的必需。在未来的市场竞争中，几乎每个行业的企业都将是强者越强，弱者越弱。（2010年1月29日）

二十七、中国与世界：

在中国拥抱世界的今天，世界也拥抱中国。保守而内敛的中华民族，向来不善于包装自己、推销自己。忠厚积善德，厚积而薄发。第29届奥运会，中国人用自己的行动改变了世界长期以来对中国太多的偏见。（2008年8月22日）

二十八、信任与不信任：

下属往往渴望上级对自己的信任，而这种信任却往往十分有限，且难以持续，特别是在诚信缺失的社会中更是显得弥足珍贵。对上级来说，无缘无故地不信任下属，管理成本会增加；过分信任下属等于放任，一旦监督机制跟不上，会逐步演变成放纵，成本同样会增加。对下属来说，自己的行为会让上级持续地对自己产生信任还是不信任，这是问题的关键所在。自己的信誉和上级对自己的信任一样，都是自己做出来的。（2010年2月23日15：39）

二十九、德与善：

德正长生，至善若气。（2010年4月28日）

三十、快乐工作：

世界上再没有第二种事能像工作一样给人们带来持续而永久的快乐！（2008年2月2日）

三十一、好文化：

好的文化能让更多的人响应、顺应、效仿和模仿。（2010年4月15日）

三十二、文化意识：

文化意识淡薄是文化缺失的根源。（2014年1月2日）

三十三、文化自觉:

文化需要信仰、信念和坚守。文化信仰、文化自尊、文化自信、文化自律、文化自觉、文化传承当成为国家民族的自觉行为。（2008年7月13日）

三十四、自以为是:

自以为是一旦是那么回事，感觉不错；自以为是如果不是那么回事，会很糟糕。以谦虚、严谨、审慎的态度做事很重要。（2008年4月4日）

三十五、理论与实践的差距:

科学的理论能够指导实践的成功；科学

的理论不能够完全保证实践的成功；成功的实践则可以总结出成功的理论，用于指导实践的成功！（2010年9月7日）

三十六、理论与实际：

理论与实际是有差距的，许多理论不放到实际中是发现不了问题的！（2010年9月7日07：53：42）

三十七、原动力与内动力：

人的原动力和内动力源于精神，精神源于信仰！每个人就像一部发动机，有的人在别人帮助启动发动机后，一会儿就又停止了运行，启动不了；有的人需要别人帮助启动发动机，然后自己就能正常工作；有的人自己就能启动自己的发动机，然后正常工作。能自己启动发动机的人，是具有精神、信仰的人，是具有强劲的原动力和内动力的人，是有历史自觉和现实自觉的人，是能持续为社会创造价值的人。（2007年6月3日）

三十八、文化的重要性：

纵观古今中外各国历史，凡大兴文化之风的时代，无一不是社会和谐、文明、进步，国家繁荣、强盛的时代。文化对全人类来说实在是太重要了！无论你怎么放大它的功能和作用都不为过！（2011年9月11日10：25：49）

三十九、个案与规律：

对于发生在个人身上的问题，要从个人身上找原因，在个案中去分析、寻找答案。对于发生和存在于社会群体中的共性问题，要到普遍现象中去寻找规律和答案。这样有利于我们找准原因，解决问题。（2010年10月9日）

四十、伟人：

伟人都同时具备最伟大和最平凡的两面性，即既有超凡脱俗的一面，又有联系基层，与最广大人民群众保持血肉联系的一面，从来不脱离群众和实际。具有敏捷的思维与深邃的智慧和思想力，准确的判断力、果断的决策力和行动力，既有原则性又有灵活性，有团结意识和全局观念，大局意识强。有影响力、感化力和号召力，始终把最广大人民群众的利益放在首位，全心全意为人民群众谋利益，着眼于构建和谐幸福的社会环境，为强国富民不知疲倦地工作，从而得到最广泛人民群众的拥护和爱戴的人。

（2010年12月15日05：14：01）

四十一、领袖：

在一片漆黑的环境中能够发现一丁点的光亮，并努力带着团队朝前走，最终走向光明的人！

领袖都同时兼有最宏观和最微观两个极端优秀的品质。（2012年7月19日07：27）

四十二、文化人：

敬畏文化的人！推崇文化和推动文化发展的人！自觉传承文化的人！有文化情结的人！（2012年10月29日01：37）

四十三、大小的重要性：

大就是大局、全局、宏观、系统，就是重点、要点，就是核心、中心、重心。大和小是相对的，小就是具体事项、环节、细节。没抓住大等于没抓住重点、要点、核心、中心，等于没把握住重心，没有牵到牛鼻子。不重视小等于不抓具体、执行和落实，不注重环节、细节，其结果会导致前功尽弃，会导致千里之堤，溃于蚁穴的恶果。只有做到抓大不放小，做到大小兼顾，大小

并重，才会有好的结果，才能出成果、出成绩、出成就。（2007年7月11日）

四十四、远见、胸怀与格局的关系：

一个人远见与胸怀的高度、深度、广度决定格局的大小。所谓"不谋万世者，不足谋一时。不谋全局者，不足谋一域"，由于其高度、深度、广度不够，短期谋划受到局限。同样，没有全局思维的人，也不可能把局部的事情谋划出多高的水平来！（2004年5月13日）

四十五、自然平衡：

大自然有平衡的能力，上帝很公平。在中东国家地下埋了石油，在南非地下埋了黄金、铂金和钻石，要不然中东和南非的人们怎么办呢？德军入侵苏联时，严寒提前到10月来临，让德军机械化部队动弹不得。历史的经验告诉我们，大自然有平衡的能力，侵略者必然以失败而告终！（2010年1月13日）

四十六、人生一定有规律：

浩瀚的宇宙中有太阳系、银河系，还有不计其数的星球，它们都在围绕自己的轨道有规律地运行。地球也在有规律地运行，不仅自己在转动，还围绕太阳在运转，自转一周为一天，公转一周为一年。还转出了一年四季春、夏、秋、冬，还有12个月和24个节气。这么大的物体都有规律，就不必说一

个小小的人了，人生一定有规律。（2005年1月19日）

四十七、胸怀与格局：

大胸怀孕育大格局，大格局促成大战略，大战略推动大发展。意识超前是行动超前的前提，行动超前是竞争力持续增强的重要保障。（2014年7月8日18：01）

四十八、长处与短处：

人们总是习惯于用自己的长处去比别人的短处，其实好与不好是相对的！借鉴别人的长处，包容别人的短处，自己就能长足进步！（2014年4月25日10：17）

四十九、世间本无事，庸人自扰之：

古人云：世间本无事，庸人自扰之。调整好自己的心态，学会变换角度思考问题，一切变得简单，就没有那么多烦心的事。

给自己带来苦恼、困惑、郁闷的人往往就是自己。研究哲学的人如果连95岁都活不到，那就是没有研究透。

（2007年8月21日）

五十、舍与得：

老子曰：非以其无私邪，故能成其私。不是我没有私心，而是我有更大的私心，只不过这种私心是和公心精神浑然一体难解难分的。这就是我对舍与得最好的诠释。

（2020年2月7日）

五十一、大鱼与小鱼：

大鱼都沉底，一般在水面上很少看得见。只有小鱼才在水面上扑腾，因为小鱼需要显摆，而大鱼自持、低调、沉稳。（2014年12月20日）

五十二、明了、寂静、法喜：

明了：把自己需要明白而还不明白的事弄明白，方法是调查、研究和学习。毛泽东主席说：情况是在不断地变化，要使自己的思想适应新的情况，就得学习，而且贯彻终身！

寂静：耐心、聆听、倾听、沉默、少语，说话平和、准确、中庸、中听。

法喜：把自己的喜悦和笑容与别人一起

分享，换回和谐、静心与安宁。

（2015年4月16日）

五十三、中华文化博大精深：

中华文化博大精深，内涵丰富而厚重。看过的人不一定看清了，看清的人不一定看准了，看准的人不一定看全了，看全的人不一定看懂了，看懂的人不一定看透了，看透的人不一定看穿了，看穿的人不一定看开了。孔子曰"学而时习之""温故而知新"，就是这个道理。（2020年7月2日）

五十四、吃得苦中苦，方为健康人：

只要用心，每个人都能为自己制订一套切合自身实际的锻炼计划。只要吃得苦中苦，长期坚持不懈，就能塑造自己的健康人生。每一位中华儿女的健康和勤奋，是实现伟大复兴中国梦的重要保障。（2018年1月14日07：01）

五十五、伟人：

伟人都具有最伟大和最平凡的两个面，即注重宏观也注重中观和微观，能全面系统把握从宏观到中观再到微观的分寸和尺度，精准施策，高效、有效、抓大不放小地开展工作，故能成其伟大。

伟大的人物首先是有伟大的心灵，然后才有伟大的人格、伟大的思想、伟大的智慧。心中装着大众，唯独没有自己，具有胸怀天下的公心精神。

（2016年3月4日14：06）

五十六、善与恶：

为善之人，虽福未至，但祸已远离。为恶之人，虽祸未至，但福已远离。讲述的是为善的人和为恶的人至少是这个结果，导向是教人向善，慈悲为怀，懂得善有善报，恶有恶报的道理。

人生好与歹都是积累，善与恶都是积累。积善多了就会产生厚积薄发的正能量，积恶多了就会产生恶有恶报的负能量。

（2017年10月15日）

五十七、好的习惯和性格成就好的人生：

古希腊先哲说："小心你的语言，你的语言会变成你的行为；小心你的行为，你的行为会变成你的习惯；小心你的习惯，你的习惯会养成你的性格；小心你的性格，你的性格将决定你的人生。"可见，养成好的习惯、性格和良好的家风传承对成就人生有多么重要。（2014年12月21日17：01）

五十八、聪明人：

聪明反被聪明误就不是聪明，而是悲哀。聪明不被聪明误才能体现聪明的价值。当你刻意以聪明作为人生资本的时候，人生的副作用几乎同时出现。茅盾先生说："天分高的人如果懒惰成性，亦即不自努力以发展他的才能，则其成就也不会很大，有时反会不如天分比他低些的人。"（2015年3月31日）

人生感悟篇

一、财富观：

财富来源于社会，应当回报给社会。在我毕生创造的财富中，1%留给自己，99%回报社会。这样，我的内心才会平静、自然、心安理得。（2009年11月7日）

二、做人与做事：

低调做人，认真做事。（1995年8月10日）

三、人生与财富：

人生不在于自己拥有多少财富，而在于怎样合理地分配好自己所创造的全部财富，尽可能多地为国家为社会做一些事情。

（2010年2月24日12：59）

四、祖国母亲：

在任何情况下，我都不会考虑加入任何别的国籍。生我养我的祖国就是我的母亲，我不会因为任何原因而选择离开。如果她确有不尽如人意的一面，我可以努力去改变她，使她日趋完美。（2010年2月23日14：14）

五、时间与人生：

其实，人的一生很短暂，加在一起才3万天左右。有的人积极向上，顽强拼搏，成就了辉煌的业绩，为社会、为人类做出了积极的贡献，他们能够以博大的胸怀关心周围的人和事，心中装着祖国和人民，把国家利益、民族利益、社会利益和个人利益有机结合起来，树立了正确的人生观。

人的一生不在于自己获得了多少，而在于自己对社会、对人类创造了多少，自己的所作所为是否有利于社会的发展和进步，对国家和民族有没有什么好处，有多少好处。这种好处越多，人生的价值就越高。（2001年5月3日摘自《关于职工与企业、企业与社会之间的相互关系》的讲座稿）

六、时间不能在等待中度过：

时间不能在毫无意义的等待中度过，否则就等于毫无意义地浪费生命。刻意浪费别人时间的人，等于图财害命，因为生命是由时间组成的，而时间可以创造价值和财富。
（2007年4月6日）

七、学习、工作、生活：

人的一生不仅是奋斗的一生，还应该是学习的一生。今天更好的学习是为了给明天更好的工作和生活打基础。（2003年3月8日）

八、执着追求：

据说人有去生、今生和来生，如果真是这样，来生我还选择做图书发行。我是一个执着、认真的人，新知是一个坚守自己文化理想的企业，如果真有图书行业企业消亡的那一天，新知也要是最后一个。（2008年9

月3日）

九、把抱怨变成反思：

在同一个组织中，自己不努力朝前走就等于给了别人成长的机会。把抱怨别人改为反思自己，我们就能快速成长。（2009年9月17日10：59）

十、见识：

见多了才能识广，少见了就会多怪。如果你没有坐过飞机，你要装已经坐过很多次是装不出来的，这就是人需要不断学习、积累、实践和体验的重要性！（2010年11月23日06：43：30）

十一、学习、实践与人生：

人的一生应当是持续学习的一生！不断实践的一生！努力奋斗的一生！越是这样，人生的缺憾就越少。（2010年12月3日07：47：49）

十二、积极与消极：

心态积极上进是增强发展力的催化剂；心态消极等靠往往会形成保守文化和踩刹车文化，这种文化一旦形成，对发展是极为不利的！（2010年12月13日12：29：25）

十三、科学与感觉：

科学是严谨的，感觉是自然的，有时

感觉比科学更贴近实际、更牢靠、更有用。

（2010年12月18日07：00：10）

十四、舍与得：

舍与得是相生的，舍是厚积的过程，得是薄发的结果。（2011年8月30日07：41：21）

十五、赚钱与花钱：

赚钱就如针挑土——难，花钱就如水冲沙——易。人要学会在自己的收入范围内来计划用钱，不会计划理财的人，再多的钱也不够用！（2011年7月9日13：09：15）

十六、级别与性格修养：

科级干部火暴，处级干部柔和，厅级干部温和，省级干部平和，国家领导人谦和。这其实就是一种修炼，到不了那个程度，你就上不了那个台阶，坐不上那个位子！（2010年10月7日21：52：51）

十七、生命与价值：

多做有意义的事情，就能让自己的生命更有意义和价值！（2011年11月3日07：31：54）

十八、责任心：

一个有责任心的人，可以弥补他自身先

天很多的不足！（2011年10月19日06：14：15）

十九、勤奋与懒惰：

勤奋是成功的要素，懒惰是失败的必然因素！（2011年11月3日07：33：44）

二十、眼界、气度、胸怀：

做生意不唯要有生意的头脑和智慧，更重要的是要有做生意的眼界、气度和胸怀！（2013年6月9日20：38）

二十一、做有意义的事：

只有做自己喜欢而有意义的事情，才会产生出不竭的原动力和内动力，自己也就不

感到辛苦和劳累了！（2011年12月3日07：21：04）

二十二、努力才会成功：

人与人的智商大致相近，唯有加倍的努力，你才能获得成功！（2011年12月3日07：15：15）

二十三、称量自己：

每个人心里都要有杆用于称量自己的秤，称轻了容易自卑，称重了容易自大，只有把自己称准了，人生的收获才会是最大的，产出才会是最高的！（2012年1月15日11：23：16）

二十四、强者超越自己或别人：

努力持续把别人认为不可能的事变成可能，不断刷新由行业或自己曾经创造的奇迹，你就能成为挑战人生的强者。（2012年4月28日14：56：36）

二十五、负能量与正能量的界定：

减少了负能量就等于增加了正能量。促使企业氛围逐步转向积极、健康、向上和良性。真可谓"积极的心态像太阳，照到哪里哪里亮；消极的心态像月亮，初一、十五不一样"。当你看到周围全是天使，你一定是在天堂；当你看到周围全是魔鬼，你一定身处地狱。这就是我对正能量与负能量产生的心理界定。因为我总是看到积极的一面，这也是我总能产生出不竭动力的原因所在。只要人有念想，就能产生信仰，从而对人的精神产生强大无比的推动力，使我们能跨越所有的障碍，朝着人生理想的彼岸前行。

（2013年9月4日16：05）

二十六、人生态度：

锦上添花何足挂齿，雪中送炭能有几人！（2013年1月19日08：56）

二十七、感动自己：

要想感动别人，必先感动自己！（2013年1月19日08：55）

二十八、勤奋与信仰：

无须监督的勤奋自觉，只会在信仰者中存在！（2013年1月13日18：04）

二十九、人生言行福与祸：

低调得平安！高调惹祸灾！（2012年11月1日07：48）

三十、低调与高调：

低调和处下的品格就是平等的和谐！高调和摆谱其实是自卑和底气不足的表现。（2014年3月8日08：39）

三十一、个性即财富：

　　每个人都有自己的特点和个性，就如每个人讲话的声音都不同一样，没有必要刻意去改变自己的特点和个性。特点和个性就是你人生最大的财富。人生应追求活得真实一些、自然一些、自我一些、自由一些、坦然一些、宽松一些。（2012年10月15日11：28）

三十二、精彩人生：

　　人生只有拼出来的精彩，没有等出来的壮丽！（2013年12月19日15：04）

三十三、知足常乐：

　　知足者常乐，常乐者豁达。不知足者是

因为欲望多而导致烦恼多、苦恼多！（2013年1月31日11：23）

三十四、溺爱等于残害：

对子女教育来说，过分溺爱等于残害。（2013年7月17日10：56）

三十五、健康何来：

所谓健康就是在生命过程中对摄取和消耗平衡点的准确把握与控制！以理性的态度认识饮食与健康的关系，运动与健康的关系，就能科学进食，塑造健康人生。（2013年6月18日09：59）

三十六、人生与梦想：

人生必须要有梦，有梦才有方向，有梦才有希望。党的十七大报告就是中共中央给中国人民编织的一个梦！（2007年11月27日）

三十七、事在人为：

我宁相信事在人为，也不相信市场疲软，信心比现金更重要，决心比黄金更重要！（2010年2月3日）

三十八、正道与邪道：

有本事、有能力、有水平、有良知的人走正道。没本事、没能力、没水平、没良知

的人走歪门邪道。（2014年3月16日09∶48）

三十九、信仰、精神、文化：

一个国家、一个民族，最可怕的不是缺钱，而是缺信仰、缺精神、缺文化！（2014年3月15日06∶55）

四十、收获与悲哀：

人生最大的收获莫过于对自己错误的幡然醒悟。人生最大的悲哀莫过于对自己错误的一再坚持！（2008年3月11日）

四十一、对待错误的态度：

勇敢地承认自己的错误等于改正了错误，不敢承认自己的错误等于保留和延续了

错误。（2014年7月15日06：45）

四十二、钱：

钱对我来说就是成就事业的工具和维持中等生活水平的保障。（2014年7月8日18：02）

四十三、财力与实力：

穿名牌、用名牌来提升自己的靠财力。穿什么、用什么，什么随后就会成为名牌的靠实力！（2014年5月15日16：45）

四十四、文化差异：

不了解国与国之间的文化差异，沟通往往成为鸡和鸭的对话，不在一个频道上！

（2014年7月21日19：30）

四十五、付出与回报：

个人的地位、影响力、知名度和受社会尊重的程度都是自己努力工作挣来的，是用自己创造的业绩和成就换来的，绝不会是等来的，更不可能是混日子混来的。（2003年3月5日）

四十六、交友：

一个人应该与什么样的人交朋友呢？当然最好是比自己强的人。交朋友彼此要有共同的语言和兴趣爱好，并以此作为维系朋友感情的基础，离开这个前提，朋友关系会逐渐生疏，直至淡出。（2010年1月20日）

四十七、习武:

　　学习武术,一是锻炼身体,强健体魄,在身体素质上使我从一个弱者变成了一个强者;二是磨炼了我的精神和意志,培养了我顽强的性格,一种做事执着、不达目标不终止的性格;三是树立了正气,增强了正义感。为我后来做事奠定了基础,使我受益终生。(2011年2月9日)

四十八、好书:

　　好书能使人完美,使人升华;能改变人的人生观、价值观和世界观。(2000年11月17日)

四十九、读书：

学习的方式方法很多，读书是主动学习，可以主导选择内容。它是最传统、最生态、最有效、最符合我们研读习惯的学习方式。（2013年5月19日）

五十、归零心态：

我们需要以一种前所未有的勇气先否定自己，并以一种全新的姿态重新审视自己，再以一种归零心态整理好心情从头再来。（2012年8月12日）

五十一、爱：

"爱"实际上是指人对世间万物的一种

关爱和理解，最终变成语言上与行动上的支持和帮助。（1999年9月25日）

五十二、阳光心态：

改变自己可以改变和面对的，接受自己不能改变和面对的就是阳光心态！拿得起，放得下，不纠结，向前看，才是人生最大的公约数。（2019年2月17日04：03）

五十三、工匠精神：

责任心下的一丝不苟，精益求精，追求极致与完美，是责任心下对固化思维的创新与突破。（2018年6月5日14：13）

五十四、适者生存法则：

适者生存法则不仅适用于所有的动物种群和全部的植物类别，同样适用于全人类，只要你长期不适应环境和圈子的变化，你的生存同样面临严峻挑战。（2019年11月10日16：01）

五十五、健康人生：

过简单的生活，心情愉快，常和家人朋友在一起。过去我们别无选择，有什么吃什么；现在我们想吃什么就吃什么，除环境因素外，没有节制的食欲是人们不健康状况的主要根源。科学合理地规划好自己的饮食结构，处理好摄取、消耗、排泄的平衡关系，减油、减盐、减量，加强锻炼，合理膳食，

是健康人生的基本保证。当然，每天一个半小时的运动锻炼时间，节制欲望，减轻压力同样重要。（2017年2月2日18：09）

五十六、传承传统文化：

中华优秀传统文化，是中华民族赖以生存和可持续发展的重要支撑，作为炎黄子孙要学习好、传承好、弘扬好、利用好这些优秀的传统文化。（2017年6月6日20：09）

五十七、人生最大的悲哀：

人生最大的悲哀，莫过于听不进别人的意见建议，对自己错误的想法和做法的一再坚持。（2014年11月1日08：40）

五十八、因果与必然：

世界发生着一切该发生的事情，根本不存在偶然，全部都是因果和必然。只要你能想到的事情，它就一定会发生，只不过时间或早或晚而已。有很多你想不到的事情，它们也都在发生，如"9·11"事件等。对每一个结果用倒推的方式去做认真分析，它都是有原因的。（2016年9月4日14：00）

五十九、积极心态与消极心态：

积极的心态像太阳，照到哪里哪里亮；消极的心态像月亮，初一、十五不一样。总为做成事情找方法、找突破与总为做不成事情找理由、找借口，其结果是截然不同的，是大相径庭的。（2015年6月19日）

六十、分享：

把好书、好酒、好茶和朋友一起分享。
（2016年2月7日）

六十一、低调：

低调得平安，高调惹祸灾。谦虚低调是儒家思想的传承与再现，是中华民族的传统美德，是个人修养和素质素养的具体体现。

低调是人的涵养、素质、素养的综合体现，是最儒雅和最牛气的显摆和炫耀，是人生的大智慧。（2015年2月11日）

六十二、人生感悟：

感恩是人生最大的智慧；低调是人生最高的修养；精神上的富有才是真的富有，物

质上的富有太有限了；良好家风代代薪火相传是自己最大的福分；勤奋好学是自己一生的宝贵财富。（2017年6月14日）

六十三、人与人的不同：

有想法，有做法的人就是积极作为的人；有想法，没做法的人就是不作为的人；既没有想法又没有做法的人就是碌碌无为、混日子的人。（2014年10月3日）

六十四、茶（生态观二）：

仓颉造字重文化，人在草木中为"茶"。一个"茶"字道出了人与自然的生态关系。人体长时间与太多钢筋水泥相伴是不行的。源于自然，亲近自然，回归自然才

符合人性。（2015年1月31日05：04）

六十五、人的谦虚与水的特质：

人有谦虚、低调的品质，就如水有处下的特质一样令人推崇和敬仰。上善若水，水有很多方面的特质是值得我们学习和借鉴的。水往低处流：说明水是谦虚的、低调的；利万物：整个生物界包括所有的动物和全部的植物离开了水是无法生长和存活的，唯有死路一条；表面平静又蕴含着无比巨大的能量：水力发电，洪涝自然灾害，海啸，等等，有利亦有弊；有自己的原则和方向：顺地势而动，逝水归东流（中国地形西高东低）；有自洁的能力：无论人类怎么污染它，蒸发变成雨水后就又干净了，仍然可以饮用；打不烂：打烂了马上合拢，恢复如初；消灭不了：即便把它倒进火堆和熔炉，瞬间变成水蒸气上升到天空，汇聚成等量的水后又以下雨的方式回归大地，继续它滋润万物的特殊使命；改变自己，适应环境：随容器和沟渠的形态，改变自己的形态，适应容器和沟渠的形态及变化。这就是我理解的水的特质，太了不起了。给我们启示最深的就是这最后一项：改变自己的形态，适应环境的变化。水的特质，决定了它上善若水、至高无上的地位。

既然社会环境已经发生了根本性转变，我们就要以积极的态度改变自己，适应变化。物竞天择，适者生存是自然界的生存法则。不适应者（物种）自然会成为被淘汰的对象。

（2014年6月9日）

六十六、利益与道德：

人往往为了自身利益，不惜降低自己的道德标准。（2015年3月4日）

六十七、人生：

人生就是一个在得与失中做选择和决策的过程。（2017年1月7日）

六十八、好人与坏人：

好人一生平安，坏人一生寝食难安，坐卧不安。走正道，得好报。走邪道，得恶报。（2017年9月5日）

六十九、原则性与灵活性：

有原则性无灵活性的人死板，有灵活性无原则性的人肤浅，既有原则性又有灵活性的人懂得变通、八面玲珑，很能干。

任何事情、任何经验均不能做到放之四海而皆准，都需要因地制宜、因时制宜、因人制宜、因情制宜。

（2015年6月23日）

七十、性格与结果：

就做事情而言，人的性格分为畏难、保守、上进、突破四种，不同性格的人对待同一件事的结果不同。（2015年1月29日）

七十一、身体调整：

56岁时的我能把身体健康状态调整到40岁左右的状态，就四条：愉快的心情和良好的心态；得当的方法与不懈的坚持；饮食摄入与消耗和排泄的平衡；勤劳的习惯和吃苦耐劳的精神。（2019年8月18日）

七十二、理解与包容：

人生难免会写错、读错一些字，说错一些话，做错一些事，理解别人的错误与过失是一种胸怀、包容和大度。（2015年8月24日）

七十三、世界的未来：

世界的未来属于爱读书、爱学习，重视科技发展，积极上进，勤奋努力的国家和人民。（2020年4月17日）

七十四、居功自傲的人：

凡是居功自傲，满足于现状，躺在功劳簿上过日子的人，后续都不可能有多大的作为和发展的空间。（2016年3月31日）

七十五、返璞归真，减法人生：

人生能做到返璞归真是一种至高境界。从低走到高不容易，再从高走到低就更不容易，做减法的人生是一个超凡脱俗的修炼过程。（2015年7月19日）

七十六、积极进取：

把已经取得的成绩搁置起来，不沉醉于已取得的成绩和荣誉，永无止境地寻找问题，发现问题，解决问题，寻求突破，我们就能不断进步，长足发展。（2015年2月13日）

七十七、醉酒与醉鬼：

酒能做到水火相融，适度饮酒可以促进健康，增进友谊。为友谊、为感恩、为投缘、为庆祝而干杯，借酒抒发感情，在愉快、融洽的气氛中把酒喝多了是醉酒。嗜酒如命，逢酒必醉，借酒消愁的是酒鬼。（2017年5月13日）

七十八、傻子：

老拿别人当傻子的人，其实自己就很傻。（2009年8月24日）

七十九、重与轻：

当你在组织和团队中变得越来越举足轻重的时候，也是你成长发展最好的时候。当你在组织和团队中变得越来越无足轻重的时候，也是你这个人（岗位）可有可无的时候，你随时面临被别人取而代之的危机。（2018年5月11日）

八十、我的做事原则：

利人利己的事多做，损人利己的事不

做，损人不利己的事坚决不做。这是我做事的基本原则和底线。（2015年1月19日）

八十一、能力：

对任何事情和问题的处理，束手无策都是能力不足的问题。（2016年8月7日）

八十二、谦虚与低调：

既然人们更乐意接受谦虚、平和、低调，我们就没有高调、炫耀、显摆的必要。低调促和谐，低调是福气。（2020年2月6日）

八十三、努力与成功：

人生没有捷径可走，唯有加倍的努力，你才能获得成功！（2005年3月20日）

八十四、坚持就是胜利：

很多年轻的创业者，本来走100步就可以获得成功，可他们偏偏在走了95步、97步、99步的时候就停下了脚步，认为自己已经很努力了，为什么还没有看到成功的希望，结果放弃了，非常可惜。回顾新知"卖好书、种好桃、建好楼（韶山藏书楼）、走出去"四件事，哪一件不是坚持走了103步、105步、110步、115步才获得突破和成功的。正可谓：成功的路上寂寞难耐，失败的路上拥挤不堪。成功的道路到底有多远，先问问成功之前我们到底走了多少步。唯有坚持坚守，永不放弃，我们才能获得突破，获得成功。（2014年3月16日）

八十五、自信与正、负能量：

自信产生正能量，不自信产生负能量，盲目的不切实际的过度的自信会产生物极必反的负能量。（2015年7月18日）

八十六、迎难而上是突破困难的法宝：

鲫鱼以味道鲜美可口而著称，却以细刺太多，经常卡在食用者的喉咙而让人生畏。看到滇池边的渔民把鲫鱼煮熟后，像吹口琴那样把鱼在嘴里一划拉，然后嚼一嚼就咽下去了，我问：你们这么快地吃鱼，怎么不会被鱼刺卡着？他们说：连细刺一起嚼到不会扎嘴时再咽下去。我终于明白了，其实对很多事来说，知难而进、迎难而上恰恰是克服困难的法宝。（2020年3月10日）

八十七、美：

在我看来，最美的是自然风光、图书、音乐、书法、鲜花和女人。（2020年5月10日）

八十八、人类正道：

人类正道是和平、是发展、是共同富裕、是共享成果。（2018年7月19日）

八十九、追求、崇拜与敬畏：

我这一生最大的追求就是说自己想说的话，做自己想做的事。我这一生最大的幸福就是对中国文化与世界文化的崇拜和敬畏。（2016年2月28日）

九十、博学与智慧：

知识具有互通性，博学就是联通器，阅读可以积累人生智慧。（2019年3月4日）

九十一、真知灼见：

实践出真知，深思出灼见，远虑无近忧。（2020年9月8日）

九十二、解脱困惑：

在人生总是觉得不如意，总是感到别人对不起自己的时候，不妨试着思考自己有没有存在这样或那样的一些问题以及与别人的矛盾，如果发现自己确实存在并愿意加以改进的话，说不定就能从困惑中解脱出来。（2020年8月9日）

九十三、人活三个层次：

一是物质需要：吃饱穿暖或吃好穿好，即吃自己想吃的东西，穿自己想穿的名牌。二是活一种品位和档次：即第一个层次实现以后，不管你愿不愿意，乐不乐意，自然进入第二个层次即活一种品位和档次。你这个人有没有品位和档次变得格外重要，有品位、有档次的人，你的人际圈子持续向上；没有品位、没有档次的人，你的人际圈子持续向下。三是活一种精神和境界：心中装着大众，唯独没有自己，有十足的公心精神，非常人可以企及。（2008年10月3日）

九十四、最郁闷的事情：

世界上最郁闷的事情，莫过于无人理解

你正确的想法。（2006年4月9日）

九十五、两种人：

人大致可以分为两种：一种是读书的人；一种是不读书的人。（2020年10月8日）

九十六、做事的人：

只有做事认真、用心、专注的人，才能做到做什么像什么！（2017年8月6日）

九十七、智商与情商：

对一个人来说，智商与情商哪个更重要？我认为智商重要，情商更重要。因为只有情商高的人才会有博爱和大爱之心，才会关心与理解周围的人和事，最终变成语言和行动上的支持与帮助。也只有这样，人类社会才会朝着文明进步的方向持续发展。智商高的人不一定做的都是好事，而情商高的人做的基本都是利人利己的好事、善事！

（2015年3月31日）

九十八、食物与寿命长短的关系：

有人说：人生食物60吨。食物，二分之一吃了是养命的，另外二分之一加快速度吃了是养医生的。暴食天餐会损寿，60吨食物80年吃完活80岁，90年吃完活90岁，100年吃完活100岁。省着点，长寿点。早吃完，早睡觉。（2016年5月14日）

九十九、家庭成员四种情况：

每个家庭成员凑在一起不外乎四种情况：报恩的，报仇的，讨债的，还债的。适用于每个家庭。（2015年2月3日）

一百、困难和问题：

你要把困难和问题当作困难和问题，它就是困难和问题。你要不把困难和问题当作困难和问题，它就不是困难和问题。（2017年5月4日）

一百〇一、机遇：

机遇对每个人来说都是公平的，平均每八年到你身边一次。只不过有的人及时地发现并抓住了它，成为人生的转折点；有的人发现这好像是个机遇，犹犹豫豫地错过了，非常可惜；有的人一生中就没有发现有几次机遇曾到过自己的身边。（2010年5月18日）

一百〇二、口腔健康的秘诀：

再好的牙膏基本功能和作用都是有限的，用七种牙膏，每周七天，让牙膏排好队，每天用一种，口腔健康有保障。（2020年10月15日11：25）

一百〇三、亲兄弟，明算账：

亲兄弟如果不明算账，最后都是一笔糊涂账，弄不好还会同时给双方造成你对不起我的误会和矛盾。（2017年1月9日）

社会责任篇

一、企业与社会：

企业是社会的细胞，应融入社会，回报社会，特别是在企业发展之后，应多做一些社会公益事业和光彩事业，多支持文化教育事业的发展，以此来推动整个社会的共同进步。（2001年5月3日摘自《关于职工与企业、企业与社会之间的相互关系》的讲座稿）

二、企业的做事原则：

企业要做党委、政府希望我们做好的事。无论什么行业、什么企业，只有把国家利益、社会利益、企业利益和百姓利益、员工利益、自己个人利益有机结合起来，才能得到来自方方面面的支持和帮助，也只有这

样，企业才有做强做大的基础条件，才能基业长青。（2008年6月18日）

三、公心精神：

当一个人把自己所创造财富的50%以上用来做公益，他就有了公心精神。在此基础上给社会留的比例越多，给自己留的比例越少，他的公心精神就越强。（2005年10月1日）

四、自觉维护行业生态环境：

多元的形形色色构成了五彩斑斓的大千世界，多元共生的发行方式是繁荣社会主义文化的助推器。出版社、实体店、网店和读者都应该增强和提高文化自觉、文化自信、文化自律、文化自尊的自觉性，共同维护好出版发行行业的生态环境，为促进社会主义文化大发展大繁荣做出我们应有的贡献。

（2011年11月17日）

五、新知的做事原则：

不是什么最赚钱做什么！而是什么对社会最有意义做什么！标准为：能够促进社会文明、和谐、进步的事！对老百姓有利的事！新知所从事的三件事基本按照这一标准在进行！（2010年12月12日07：57：51）

六、我与新知事业：

新知事业对国家和对社会来说，其存在的意义和价值已经超过了我生命价值的若干倍，甚至超出企业价值本身，其存在的意义有更广泛的公众性和社会性。我没有理由不为它的生存和发展尽心竭力！（2007年6月18日）

七、与年轻人共勉：

世间真有公道，付出就有回报；想到努力做到，力争做到最好！（2009年8月17日）

八、利润、责任、使命：

积极参与对外文化传播力工程建设和对外话语体系建设，责任比利润更重要，使命比责任更重要！（2014年3月8日06：36）

九、寄语年轻人：

所有的成绩归昨天，所有的努力在今天，美好的希望寄明天！（2014年7月21日19：33）

十、多读书：

多读书可以陶冶情操，多读书可以增长知识，多读书才能适应社会发展的需要，多读书才能与时代发展保持同步，我们推崇多读书读好书。（1997年10月1日）

十一、公民李勇：

我是中国公民中的一员，我深深地爱着我的祖国，理所当然要为国家做一些力所能

及的事情。我虽然不是党员，但我认为，只要心中有党、有国，比什么都重要。（2017年6月29日）

十二、学习十九届四中全会启示：

1.指导我们思想的理论基础是马克思列宁主义。

2.领导我们的核心力量是中国共产党。

3.指引我们前进方向，带领中国人民从胜利不断走向胜利的是毛泽东思想，邓小平理论，"三个代表"重要思想，科学发展观，习近平新时代中国特色社会主义思想。

4.十九届四中全会报告共13个部分，5000多个字，通篇闪烁着中共中央集体智慧的光芒。是党中央带领全党、全军、全国各族人民实现伟大复兴中国梦的指导思想，工作指针，重要基础。

5.中国梦，我的梦。我的梦，新知梦。新知梦，我的梦。我的梦，中国梦。形成一个完整的闭环。我们要以十九大精神为指引，以十九大精神为动力源泉，把我们共同的事业——新知事业做得更好，为伟大复兴中国梦的实现添砖加瓦。

（2019年11月4日）

十三、脱贫攻坚：

实施脱贫攻坚计划，是中共中央一项重要的决策部署，是当前最重要的民生工程之一。做好这项工作对均衡国家经济社会发展，消除贫困人口，把党中央、国务院的关爱带到最基层，对巩固党的执政根基、执政地位，体现中国共产党立党为公、执政为民的初衷具有十分积极的现实意义和深远的历史意义。（2019年12月3日）

十四、自觉拥护中国共产党：

只有中国共产党才能救中国，也只有伟大的、光荣的、正确的中国共产党才能带领全党、全军、全国各族人民从胜利走向胜利，从辉煌走向辉煌，实现伟大复兴中国梦。（2002年7月1日）

十五、文化人：

被称为或自认为、自称为文化人的人很多，而真正有文化内涵、文化素质、文化素养、文化自信、文化自觉、文化自尊、文化自律、自觉担当文化传承责任的人才算得上真正的文化人，而这种人的占比并不多。（2018年5月19日）

十六、文化走出去：

关于推动中国文化走出去这件事，责任比利润更重要，使命比责任更重要。（2012年6月7日）

十七、文化、教育、艺术：

一个重视文化、教育、艺术的民族是不可能不强大的。（2019年3月6日）

十八、大外交：

让更多的国家和人民信任中国，跟着中国共同发展，和平发展，共同受益的道路就是大外交。（2018年1月30日）

十九、人生梦：

人生必须要有梦，有梦才有方向感，有梦才会有希望。个人梦一旦与社会梦、国家梦、人类梦相统一、相一致、相和谐时，就是个人对社会、对国家、对人类贡献的正能量。（2016年3月27日）

二十、学习型组织建设：

我们要向伟大的中国共产党学习组织建

设；向中国人民解放军学习铁的纪律和强大的执行力；向成功的企业学习成功的经验；向失败的企业总结失败的教训；不但要向中国的企业学习，还要向外国的企业学习；不但要向同行业企业学习，还要向行业外的企业学习。通过八个方面的立体式学习，我们才能找到创新的突破口。（2007年5月25日）

二十一、国际文化传播力工程建设的意义：

文化是没有国界的，凡是好的优秀文化，都应该在世界范围内得到最广泛的传播，成为全人类共有、共享的福祉。（2020年4月14日）

二十二、文化力：

文化实在是太重要了，无论你怎么夸大它的功能和作用都不过分，因为凡事与文化捆绑它就会有生气，有活力，有不竭的发展动力和潜力。（2013年1月8日）

二十三、永远不要放弃纸质阅读：

有人说：是什么弱化了我们的大脑？是互联网，它把我们的记忆撕成了碎片，让我们变得浅薄。对此我有同感。

我们为什么能记住这个故事、那个故事？因为纸质阅读是我们最传统的阅读和学习方式。越是传统的就越是永恒的，因为它有传世的基因。越是时尚的，就越是过时得快的，因为时尚必须随着时代和时间不停地变化，否则就不能称其为时尚。盯着手机一天看到晚，回想一下你记住了什么？基本没有记住什么，可时间被耗掉了。人生苦短，机不可失，时不再来。

正因为纸质阅读有其独到的连续性，能够让人产生记忆，产生积累，产生沉着，产生厚重，产生思想，产生智慧。系统解决大问题靠小聪明是不行的，得靠大智慧，大智慧怎么来的？唯一的办法还是读纸质图书。古人说：万般皆下品，唯有读书高。翁同龢说：天下第一等好事还是读书。永远不要放弃读纸质图书。中国文化有为我们积累大智慧的优势，如四书五经、诸子百家的著述等等。

（2014年12月3日）

二十四、竞争与发展：

良性有序的竞争是促进经济社会全面健康发展的推进剂、润滑剂。对图书出版发行行业来说，竞争促进发展，最终受益的是社会，是读者。其他行业也一样，垄断的结果只有一个，技术退步，产品和服务质量下降。政策保护和地方保护，保护的都是落后。（2015年3月31日）

二十五、文化强则国家强：

文化强大是国家强大的重要标志之一。（2018年4月1日）

二十六、责任与用心：

责任和用心是我们做好每一件事情的基

础保障，所以我们每个人都要做担当责任的人和用心做事的人。责任心可以弥补我们许多先天的不足。（2017年7月11日）

二十七、中国优势：

中国的政治体制优势在世界各国中独具特色，在未来世界格局中将起到越来越重要的引领和示范作用。

中国经济将成为影响和促进世界经济可持续发展的重要引擎。

中国文化将成为促进世界和平、文明、和谐的润滑剂。

（2020年8月30日）

二十八、男人：

男人就是为承担责任和承受压力而生的。（2018年10月9日06：41）

二十九、文化之重要：

文化实在是太重要了，无论你怎么放大它的动能和作用都不为过。文化的形成需要点滴的日积月累，不是一蹴而就的，但文化产业的优势在于当它积累到一定程度的时候，就能产生厚积薄发的效应。因此，文化产业总是说得好，做得并不好，要做好文化需要有持久的忍耐力。因为人们总是急功近利地要政绩，要成果，要成绩。别说领导干部任期一届5年，两届10年又怎么样，三届15年、四届20年又怎么样，都不一定能出成果、出成绩。因此，很多领导干部不会用心动真格地做文化产业。中央、国家对发展文化产业的重要性有明确要求，但很多地方领导干部要政绩，不会动真格去做长线投资的文化产业，所以文化产业总是说得好，做得并不好。就说读书这件事，连古人都说：万般皆下品，唯有读书高；古人还说：忠厚传家久，诗书继世长；翁同龢说：天下第一等好事还是读书。就连圣贤都费尽心机推动也没有多大的效果，这就是发展文化产业的尴尬。

从历史上看，从来没有一个民族因为贫穷而消亡，只有文化消亡了，民族才会消亡，包括昔日强大无比的契丹族等。现在有的民族也面临文化消亡的危机。

（2016年7月19日22：15）

婚姻爱情篇

一、婚姻、家庭与爱情：

自古就有门当户对、才子佳人的动人故事，甚至被传为佳话。正因为是极少数现象，才显得稀缺，才被当作故事传了下来，说明大多是个案，而非普遍现象。男女双方经济条件都差不多，郎才女貌，但是各有各的人际圈子，注定大多长远不了。爱情若要久长时，在事业和工作中就要互相支持、互相勉励、互相理解、互相帮助、互相迁就、互相包容，以实现共同的理想和目标为，做生活的伴侣，事业的伴侣，学习的伴侣。婚后更多的就是责任和迁就。在学习过程中共同成长、进步和提高；在生活中互相关心、关照、关爱，心中时时牵挂对方。（2009年10月17日）

二、女孩择偶建议：

　　一是看对方是否真心爱自己，会不会一辈子对自己好；二是看对方有没有责任心；三是看对方有没有本事，是否有事业心和进取心，能够挣钱来养家糊口，不至于让自己过于辛苦；四是看对方是否有爱心，能否做到尊老爱幼，孝敬父母和长辈。其他的不是很重要，可以往后排。男人就是为担当责任，爱护女人，养育子女，孝敬长辈而来到这个世上的。（2014年7月14日）

新知事业篇

一、共同事业：

图书事业是人类社会的阳光产业，为了共同的事业和目标，我们走到了一起，成为为繁荣文化教育事业而奋斗的新知人。（1999年5月3日）

二、新知事业：

新知事业是全体新知人的共同事业。（1994年4月28日）

三、核心文化价值观：

新知要努力成为以推动人类的文明和进步来实现自身价值的企业，与社会高度和谐的企业。（2005年7月9日）

四、新知事业：

新知事业与道家"一生二，二生三，三生万物"的思想是一致的！新知历来注重研究政治，了解国情，紧扣中央精神和国家意志来发展企业。云南省委省政府的发展战略是"两强一堡"，即民族文化强省：新知在云、贵、川、湘四省建设了68个连锁书城，民族文化强省的工作我们参与了；绿色经济强省：丽江雪桃开发有限公司投资开发的李勇雪桃，代表云南各族人民的美好祝愿连续十年献礼国庆招待宴会，向伟大祖国祝福，取得了成功，打造了一个高端水果品牌，带动了丽江一方农民脱贫致富，积极地、自觉地、主动地参与到社会主义新农村建设当中去；随着新知东南亚、南亚及南非9个华文连锁书局的相继开业，我们已经跨到了对面的桥头堡上，化身为中国文化的使者，让中国文化走向世界，影响世界！（2018年2月6日）

五、新知企业发展战略（四步走战略）：

近期目标：原始资本的积累，后备人才的储备；

中期目标：在云南的16个州市建20个连锁书城；

远期目标：实施全国连锁、国际连锁；

企业归宿：建设韶山藏书楼，为社会留下一笔宝贵的文化遗产。

（2005年10月28日）

六、新知企业发展战略定位：

卖好书，种好桃，建好楼（韶山藏书楼）、走出去。（2008年1月1日）

七、学习型企业：

新知企业即新知大学。（2009年5月10日）

八、新知——全体新知人共同的事业平台：

新知"卖好书，种好桃，建好楼，走出去"四件事，都是紧扣中央精神和国家意志，以及云南省委省政府的战略来实施的。每一件都是好事、善事、苦事、难事，在英雄的新知团队的共同坚持坚守和努力下，基本全部变成现实，全体新知人通过我们共同的事业平台，实现了自己的人生价值和社会价值。正可谓，志同道合者，不以山海为远，和合同生，追求以实现共同价值为荣的新知梦。（2015年5月16日）

九、新知人：

抬头看是清晰明了的战略目标；低头看是坚定而铿锵有力的脚步；回头看是可引以为豪的深深的脚印。（2016年1月23日）

十、坚守新知事业的意义和价值：

让世人有书可读，是一件扬善积德的事。这就是我们坚守新知事业的意义和价

值。（2014年12月8日）

十一、格局与布局——新知三五规划的总体思路：

新知三五规划的总体思路是：立足云南，面向全国，走向世界。以国家"大力发展文化产业，创建学习型社会、学习型城市，建立终身学习体系"为契机，充分理解国家的意志、号召和指示精神要旨，抓住机遇，把握好时代发展的脉搏来发展企业。抓住国家大力发展非公经济和为多种所有制经济制定公平起跑线等历史性机遇，站在潮头定位企业的发展方向和目标。发挥企业的品牌优势，充分整合政府资源、各种社会资源和企业自有资源等，调动一切可以调动的积

极因素发展企业。树立正确的发展观，把握好企业发展的节奏和速度，使企业发展始终保持平稳和良性。（2005年10月28日）

家风家训篇

一、家风传承自信：

如果我的子女比我更优秀，我没有必要为他们留下什么财富。如果他们没有本事和能力，给他们留下很多的财富也没有意义，而应主要用于做文化公益项目。这是我对家风传承的自信，但愿我是蓝的，他们都是青的。（2017年3月8日）

二、爷爷：

知足常乐是爷爷传给父亲，父亲传给我们的家风家训之一。

我们还很小的时候，爷爷就经常对我们说："以后你们长大成人了，看到可怜的人、比自己穷的人，不管三文两文，一定要给人家，给听见了？"我们答："听见了。"

三、老父吟：

终日奔波只为饥，方才一饱便思衣。

衣食两般具看足，又愁娇容美貌妻。

娶得美妻生下子，恨无良地少根基。

买到田园多广泛，出入无船少马骑。

槽头积下驴和马，叹无官职被人欺。

县长省长还嫌小，各执常委不满意。

久而久之怕烦恼，要想上天无楼梯。

　　人有积极进取的精神是好事，但欲望无边就不是什么好事了。很多人为什么出问题？没有把中庸思想、物极必反等传统文化理解、吃透、把控好。自己不能与上对比时，就学会与下去比较，这样心态就平了。

（2020年8月10日）

四、父亲：

辛苦者不赚钱，赚钱者不辛苦。（1995年5月3日）

五、父亲：

"大营村二千三四百号人，一个也没有我幸福，四个子女都对我好。"父亲在一次和朋友吃饭时说起的这句话，我们听了也很幸福。（2019年9月14日19：04）

六、李勇：

庭有余香兰草丹桂凤凰树，家无别物唐诗宋词汉文章。

我想自己做了一辈子的图书，就给社会留下些书来，所以我要建藏书楼。用时尚的话来说：最后穷得只剩下书是我的目标和方向。精神上的富有才是真正的富有，物质上的富有太有限了，我不追求那个。

（2014年11月6日）

七、夫人、女儿与外孙女：

2020年7月22日，小外孙女果果2岁半还差7天，她抽了一张纸巾，把吃剩下的一小半苹果垫着放在茶几上。她妈妈李思洁说："果果不要了，放在垃圾桶里。"果果说："奶奶说，生意难做，钱难苦，吃的东西不能浪费。"家风培养从小开始。

八、寄语李思豪（儿子）：

在外上学靠自己，衣食住学有条理。

勤洗衣服勤洗澡，个人卫生自己搞。

多与同学同做饭，家乡味道才最好。

一日三餐最重要，肉类果蔬搭配好。

中餐西餐混合吃，身体健康要确保。

团结友爱生和气，互帮互助互学习。

外出安全排第一，发现危险速回避。

学以致用求实效，中西合璧取舍好。

这是2016年8月17日我和夫人李金焕、女儿李思洁一同送儿子李思豪到美国亚利桑那州立大学留学时，在从房间去往餐厅的路上，想到下午我们三人就要回国了，20多分钟即兴写了发给他的一个寄语。

我们家五代人就是这样通过简单的语言和行为把良好的家风一代一代地往下传承，也就是上一代教会下一代做人做事。

图书在版编目（CIP）数据

李勇语录 / 李勇著 . -- 长沙：湖南文艺出版社，2021.9
ISBN 978-7-5726-0156-9

Ⅰ . ①李… Ⅱ. ①李… Ⅲ. ①随笔—作品集—中国—当代 Ⅳ . ①I267.1

中国版本图书馆 CIP 数据核字（2021）第 074341 号

上架建议：管理/随笔集

LI YONG YULU
李勇语录

作　　者：李　勇
出 版 人：曾赛丰
责任编辑：吕苗莉
监　　制：于向勇
策划编辑：楚　静
营销编辑：王　凤　段海洋
装帧设计：利　锐
内文排版：麦莫瑞
出　　版：湖南文艺出版社
　　　　　（长沙市雨花区东二环一段 508 号　邮编：410014）
网　　址：www.hnwy.net
印　　刷：三河市兴博印务有限公司
经　　销：新华书店
开　　本：640mm×955mm　1/32
字　　数：80 千字
印　　张：7.5
版　　次：2021 年 9 月第 1 版
印　　次：2021 年 9 月第 1 次印刷
书　　号：ISBN 978-7-5726-0156-9
定　　价：28.00 元

若有质量问题，请致电质量监督电话：010-59096394
团购电话：010-59320018